新 潮 文 庫

大人の水ぼうそう

yoshimotobanana.com 2009

よしもとばなな著

目次

本文カット

山西ゲンイチ

大人の水ぼうそう

yoshimotobanana.com 2009

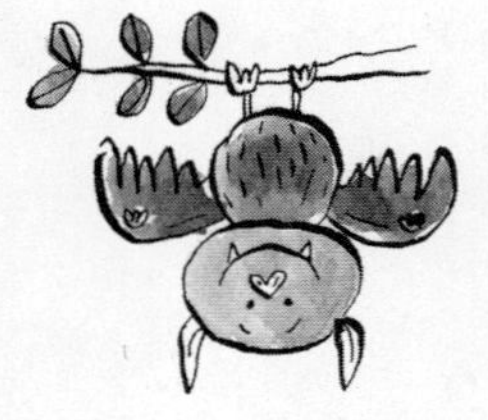

Banana's Diary

2009,1-2009,12

1,1–3,31

２００９年１月１日

あけましておめでとうございます。

本年もよろしくお願いします。

実家へ行く。親の就寝時間などのずれで、なんとおせちの開始は三時だった。もはや晩ご飯だ。

いっちゃんの撮った写真を見て、父が「チビくんは、色男だなあ。将来女性で苦労をしないといいなあ」とつぶやいていた。予言なのか、評論なのか、じじバカなのか、わからないところがものすごいスリルである！

あまりにもおなかいっぱいなので夜はごはんをつくらなかった。おかげで時間ができてずっとレインボーマンを観ることができたが、新春からものすごく暗い気持ちになった。ヒロチンコさんがレインボーマンのエピソードをほとんどおぼえているのもショックで、子供って驚くような内容だと記憶してしまうんだ！　やはりこういうダークな番組は必要なんだ！　と感心してしまった。

１月２日

チビが、パパといっしょにおじいちゃんちに行くか、ママと残って姉と風呂に行くかでものすごおおおく葛藤していて、面白かった。チビが五分以上黙っているのは寝ているときと葛藤のときだけだ。

結局おじいちゃんの家に行くことになり、その決断を待っていたみながなんだかどっと疲れた。

それで姉と近所の温泉に行き、あかすりをしたりビールを飲んだりして、独身生活を満喫した。ううむ、これはこれでいいなあ……なんといっても静かだし。

最近サキタハヂメくんののこぎり演奏のCDをよく聴いている。彼の心の美しさが演奏に全て現れている。会ったことはチンドン修行時代に一回しかないけれど、ほんとうに立派な人だった。これ以上ナイスなガイがいるのか？　と思うくらいだった。これまで彼が経て来た道のりの長さや質のことを考えると涙が出るくらい。とにかくテルミンのようだが、のこぎりだ！　工夫を超えて音楽的にきれいなところがあり、静かな気持ちになる。静かな気持ちというのは、だらっとしたものではなく、星空を見上げているときのような気持ちという感じ。ふつうこういうのって「うわあ、のこぎりだ！　でもそれで？」みたいなものが多いのに、彼の場合は違う。価値のあるものになっている。

森先生の「半熟セミナ」は子供や孫に伝えたい現代には珍しくていねいに創(つく)られた、傑作な書籍であった。

彼の作品からもうかがいしれるが「期待にこたえない」とか「人情的なものを見せつけられると、ものすごく残酷に（一般的な意味での残酷だが）対応する」、そのすごさはもうほとんど個性の域に入っている。

メールとかではなく、生身の日常のご本人はどうかというと、実にじょうずな人当たり。「多分人はこれをやったら不快だろうから、思いやりから、すごく上手にいい感じにしている」と「どうでもいいと思ってることが、ついうっかり出ちゃう」が半々くらいの、かなりキュートな処理のしかた。

この特徴が彼の才能の特異性を解く鍵(かぎ)だなあ、とよく思う。いくつか推理（？）してみたが、どうも「ほんとうはむちゃくちゃ優しすぎて思わず冷たくなってしまう」という一般的なニュアンスは、なくはないのだが、十パーセントくらいで、かなり少ないようだ。

人としゃべれないくらい極まった理系の人や自閉症の人からたまに同じ感じを受けるけれど、それとも微妙に違う。その上で小説を書けるというのがまた変わっている。情景描写をすればするほど現実味がぼけていくというのもすごい。

おもろい人だ……（このオチか⁉）。

1月3日

藤澤さんのおばあちゃんのおうちにちょっとだけ寄ってから、実家へ行く。

藤澤さんはひとりのお正月だったが、淋しいという感じではなく、きらきらと生きていた。ほんとうによかった。家族の絆がほんとうにかたいと、離れているくらいでは本格的に淋しくなったりしないんだなあ。手を握り合って、ずっと微笑み合って、おしゃべりした。胸がきゅんとなった。あんなに明るく、強く、柔軟で、愛されていて、控えめなお年寄りは他にいない。昔、もう中学生になった孫の男の子が「家に帰るまえになぜかおばあちゃんちに一回来たくなっちゃう」とか「おばあちゃんのおにぎりおいしいんだもん、もう一個つくって」とか言っているのを見て、感動した。さらに、もうひとりの孫の外国人のボーイフレンドを、別れた後も下宿させてあげたり、ソファをばらばらにするほどの破壊的な大型犬を普通に飼っていたり、なんと姪御さんのご主人はＦＢＩだ！　小説より奇な藤澤さんから、私もまた大切な多くのことを学んだ。

実家にはたくさん人が来ていて、やがてチビとパパも登場。チビはりょうこちゃんがいたので嬉しくてしかたなく、いっしょにばたばた遊んでいた。

帰宅し、松ちゃんと内村さんのコンビのすごさにうなりながら、家族三人でおつまみを食べて、うるさくて平和な暮らしに戻ってきた感じを味わう。さらにうるさいことには姉がヒロチンコさんのお誕生日プレゼントに買ってくれた「ショッカー首領時計」が一時間ごとに「五時だ、ゆけ！　仮面ライダーをたおすのだ」とか家の中で叫ぶようになった。音を消す機能はないみたい……。

ぜひヒロチンの事務所に持っていってもらいたいが、ロルフィングのセッションがだいなしになることは間違いないだろう。それだと経済的に私も困るので、仕方ないから家で仕事しながら一時間ごとに指令を聞いている。

1月4日

チビがワルワルの時期で、頭が痛い。考えられないくらい賢い意地悪をくりだしてくるので、気持ちも沈む。でも奥底に信頼があるからあまり落ち込みはせず、過ぎていくことなんだろうなあ、となんとなく鷹揚な気持ちもある。面白い。

他人にこれだけの意地悪を言われたら、ぶんなぐり&絶交だろうっていうレベル。

まるちゃんを観る時間には落ち着いた。前、チビがさくらももこちゃんの家に遊びに行かせてもらったとき、ももちゃんに向かって壁のカラー原画を指差し「あ、まるちゃんだ、まるちゃん知ってる?」と聞いていておかしかった。

この人が描いたんだよ、と言ったら、となりのシュルツさんのスヌーピーの原画を指差して「これも?」と言っていた。ももちゃんは「そりゃちがうよ」と言っていた。

1月5日

ヒロチンコさんの誕生日。

ミッドタウンに行ったので、大内さんと木原さんの打ち合わせに乱入する。今私がしている簡単な瞑想(朝夜五分ずつ)だけでも体調がかなり改善されるので、ぜひそこを本に入れてほしいとつい熱く語ってしまった。瞑想は精神のごはんだね。多く食べればいいというものではないのも、食いだめできないのも、いっしょ。なので、楽しみだなあ。

中華レストランに行って、悪いチビを受け流しながらヒロチンコさんを祝っていたら、チビにも親切な感じのいいお店の人がさらに親切におめでとうのデザートプレートを書いてきてくれて、よく見たら「HAPPY BIRTHDAY 1月6日」と書いてあった。一同で大笑い。書き直してくれると言ったが、いいですと「6」の棒を手でけずって5にした。

多分彼の今年は、なんとなくとんちんかんで、ちょっとした判断ミスをいろいろするけれど素直な気持ちでなんなく乗り切り、たくさんの人に愛されて助けてもらうけど、最後は自分がふんばるという感じになるに違いない。

1月6日

妙子さんのところへ行って、エステ。かぴかぴの顔が改善された。ありがたい。あんな美しくかわいいおじょうさんが心を込めてケアしてくれるだけでも健康になれそうだ。これは、吸い取るという意味ではなく、交換。

夜はタイ料理屋さんに行って、できたてのフレッシュな辛さのタイ料理を食べ、涙したりぼうっとしたりしていたら、りえちゃんが来たのでいっしょに座って乾杯する。りえちゃんは年々美人になっていくので驚くばかりだ。美人って、造りだけではないし、身のこなしだけでもないし、センスだけでもないし、なんなのだろう。りえちゃんの場合は、存在に迫力が増し、顔がきっぱりして彫りが深くなったと思う。前はお店でも「裏方ですよ〜」というふるまいをしていたけれど、今は「私が看板だ」という感じだからだろう。それが顔を変えたのだと確信できる。

たとえばくるみちゃんは美人だが、それは両親ともに美男美女であるという特別の状態から生じた美人。タイ料理屋の夫妻は美男美女なので、子供が産まれたら絶対またそのレベルになるだろう。

逆にヒロチンコさんはイケメンと言ってもいいと思うが、普通だがすてきな顔の両親からやってきた偶発のイケメン。うちのチビもそう。私も別にドブスではないが、パーツの造りは全然だめ。

両親ともに美男美女の場合は余地がない高いレベル（人前に出るのを商売にできる）の美男美女になるが、日常生活の心構えでいちばん改善の可能性を秘めているのは後者だろう。

りえちゃんのご両親は知らないけど、きっと美男美女だと思うな～。

1月7日

実家に寄って速攻で七草がゆを食べ、あっこおばちゃんの顔も見てから、沖縄へ。慶子さんと空港で待ち合わせる幸せ……懐(なつ)かしくて泣きそうだった。もうこんな日は二度と来ないのかしら、と思っていたけれど、実現してほんとうに嬉しい。でも、慶子さんは三泊のハワイ島旅行から帰ってきたばかりだ。タフすぎる。

陽子さんにも新年のご挨拶をして、飛行機に乗る。ついたらすぐにカラカラとちぶぐゎーに直行！

連日の大食いで一回り大きく育ったちほちゃんとケビンと合流、かっちゃんとまりちゃんも次々やってきて、豪華な宴会になる。

お店には長嶺陽子さんもいるし、縁起がいい新春だな〜！

1月8日

かっちゃんにも車を出してもらい、タコスのメキシコへ！

こんなにおいしいのに五百円なんて、ありえない！ メニューもない、ドリンクは自分で。でも、タコスは千二百円は取っていいくらいおいしい。

それから読谷へ。

やちむんの里がこんなにすてきなところだなんて知らなかった。のぼり窯がこんな不思議な形だというのも、公害問題で責められて移転してきたというのも、はじめて知った。

大嶺實清さんの工房を訪ね、現代的なセンスのすばらしさにびっくり、シーサーの良さにほれぼれ。ご本人のかっこよさにもしびれた。みかんもお菓子もこの家の皿に載ったとたんに姿を変えた。

そして山田真萬さんのすばらしいおうちにもおじゃまする。かっちゃんが間に入ってくれたので、ケビンも普通では聞けないいろいろな話を聞くことができた。

家中にすごい作品がばんばん置かれていて走るチビ連れの私としてはかなり動揺する。庭に来る鳥の水浴びのお皿まで真萬さんの大皿だ。ううむ。奥様もお嬢様もすてきな人だった。

どちらの方からもいろいろないいお話を聞いた。

センスと切り口を極める大嶺さん、地道にこつこつと質のいいものを作り、オープンな心を持ちながら伝統の土台をかためていくねばり強い山田さん。個性の違いはあれど迫力は同じだ。

焼き物を守るために、若者たちに伝えていくために、あえて人々を家や工房に受け入れていく、安く売るものもクオリティは落とせない。しかし自分が満足する新しいことにもチャレンジしたい、その狭間(はざま)にある場所なのだなあ、としみじみ思った。いつも家に人が来るというのは、たいへんなことだろうし、ご本人たちも一歩間違うと見せ物になってしまう。そこをそうさせない迫力を持ち続けなくてはならない。

山田さんの工房で、ケビンとチビがろくろをまわしたり絵付けをさせてもらった。

だいたい、そんなことをさせてくれるというだけでもすごい寛容さ。ありがたいことだった。

ケビンはセミプロで陶芸歴が三十年くらいなので、さすがの落ち着き。みんなが見ている前でさらさらっといいものを作っていてちほちゃんに惚れ直されていた。

チビは誰がなにを言おうとくじけずに自分の納得いくまで土で遊び続け、山田さんに「これほどえんりょせずにやりたいことをやりきる子供ははじめてだ」とほめられていたが、これは……単に、アホなだけだろう。

休日を一日つぶして、私たちをずっと案内してくれて、すごく親切なのに押し付けがましくなく、グチもなく、ただただきわやかだったかっちゃんをみんなが感謝してほめまくっていた。かっちゃん、ありがとう。

1月9日

うりずんでおじぃとまりちゃんに再会、ちょっと飲んでから焼きてびちとおでんの二次会へ。千里さんやおじょうさんのアヤハさんも合流。チビはアヤハさんに「いっしょに出かけよう、でも結婚はできないよ」と言っていた。男って……。

満腹のてかてかになって、ホテルに帰る。

みんなが慶子さんの「愛」と描かれたTシャツを「古代人のチンコの絵」だと普通に思っていたことが発覚！　慶子さん大ショック！

ショックを消すためにもミーハーに「メロメロ石」を買いに行く。テンションがあがりすぎてみんなやたらに購入するが、だれも、猫さえも、犬さえも、今のところメロメロになってくれていない。お店のお姉さんに聞いてみたら「私も彼氏ができたり、お金を拾いました」と微妙な運気アップだ。「当初の愛がよみがえる」石などにもみな食いついていた。当初って！

琉球ぴらすに行って、Tシャツを買いまくり、まりちゃんとおじぃに会って、近所のおじぃおすすめの中華萬珍園に行く。ほんとうにおいしくて衝撃だった！　なんでこの感じでこんなにおいしいのだ？　さすがおじぃだ。

みんなで市場でコーヒーを飲み、よしもと組はドクターフットへ。痛がりながらもすっきりとして、最後のがんばりでこぺんぎん食堂へと歩く。歩いたおかげで国際通りと安里の関係がわかった。いつもながらおいしく、美しく、優しく、文句のないお店。つるつるの麺とさっぱりスープが最高！　餃子の皮もふっくらして最高！

飛行機に乗り「くまのがっこう」シリーズを全部読まさせられた。とってもかわいくてこの中に住みたいようなデザインのものがいっぱい出てくるが、本文では一切触れられていない、ジャッキーといっしょにいる黒い小さいぬいぐるみみたいなやつは、いったいなんだろう、どうも生きているようなのだが……と陽子さんと真剣に悩んだ。空港で涙の別れ。ケビンは日本を好きになってくれたかな、ちほちゃんといっしょにまた来てほしいな～！　ふたりはもうハワイに帰ってしまう。淋しいなあ。

慶子さんも前と違って「また事務所でね！」というわけにはいかない。淋しいなあ。今は秘書じゃないのに、領収書を取ってくれたり、ビールをついでくれたり、ほんとうに働き者で優しくて、きっとご主人はメロメロだろうな～。メロメロブレスレットでますますメロメロになるだろうな～。

1月10日

今年の目標は「牛のように、急がず、ゆっくりと」である。メールもすぐには返さないもん。もう時間の綱渡りみたいな日々はたくさんだ。

なので、まだ荷解きもしていません。

「天使のはね」をもそもそと食べながら、スピーディな俺を忘れるべく、もっそりと行動する。森田さんといっちゃんが来てもまだパジャマのまま片付けをしていた。

それから家からちょっと離れたエステにかけこみ、フェイシャルをみっちりとしてもらい、家に帰ってじわじわ〜とオノ・ヨーコを見る。寛子のママのみどりちゃんにそっくりだった。静かに過激なところも。

チビがいっちゃんに会えるのを楽しみにしすぎてかえっていじめてしまう気持ちがわかり、おかしいけれども、ぐっとこらえてばしっとしかる。うちに生まれてきたのも君の責任だ！　普通の五歳児と違う体験をいろいろしているということは、普通の五歳児のようではいられないということでもある。得ばかりではない。

「こんなに長く会えなかったんだから、一時じゃなくって、もっと早く来てほしい」と勝手にいっちゃんのバイトのスタート時間に文句をつけていた。男って……。

1月11日

軽く家事をやっていたら、いつのまにか十時間くらいたっている。

なんだか悔しい、ここまで不器用でトロいとは……。

寒い中スーパーへてくてくと歩いて二十分、見上げたらでっかい満月があった。どおりでやたらに明るいと思った。

やまだないとさんのトキワ荘のマンガ、面識があるので言いにくいが「こんな題材を選ぶなんて、きっとあざとい内容なのだわ！」と勝手に思っていたが、読んでみたら「ごめんなさい！」と言いたくなった。私たちの世代が彼らに対して抱いていた気持ちがみんなこもっているし、真摯だし、絵はうまいし、それでもやまだかさんの作品にばっちりとなっているし、すばらしかった。西原さんのお金の本も、西原さんのいい面（悪い面があるという意味ではない）がみんな出ていて、声が聞こえてくるようだった。まとめがうまいなあと思って後ろを見たら、うんと小さい字で瀧さんの名前が書いてあった。いい仕事してるなあと嬉しくなった。

1月12日

時間ができたので、急に穴八幡へ。

急な行動でおなかが減り過ぎ東京らっきょブラザーズへかけこむ。こんな名前のお店がおいしいわけないだろうと思いがちな私だが、それがもう、考えられないくらいおいしかった。材料をけちってないし、メニューが豊富だし、安いし、なんと良心的でおおらかなのだろう、と感動さえした。スープカリーには偏見があった私だが、おいしいものをおいしく安く食べてね、もうけは必要だけど最小限でいいよ、というこのお店の姿勢が嬉しかった。つけあわせのアイスやラッシーがてきとうでないのもすてき。

穴八幡の参道の露店を見ていると、なぜあんなに心が沈むのだろう……。ぶじお札をいただいてきました。前にヒロチンコさんのパパにこのふくらんだお札をあげたら、貼りにくいと言ってばしっと表面だけ切り抜き、ぺらぺらの紙だけ貼っていたが、中身が大事な気がするの……。っていうか、そんなことしていいの⁉

神楽坂でお茶してとってても幸せな気持ちになった。冬、むちゃくちゃ外が寒いときのお茶ってどうしてあんなに幸せなんだろう。冬のいちばんの幸せかも。

1月13日

「ゲゲゲの鬼太郎　千年呪い歌」をやっと観る。佐野史郎さんへの尊敬がいっそう高まった。あとふだんのウエンツさんにはのんちゃんに似ているという以外なんの感情も持っていないが、彼のやる鬼太郎は最高だ！　「トリック」の仲間由紀恵に対するものに匹敵するこの感情。ストーリー的には愛で呪いに打ち勝つ的なあたりまえのものなのだが、映像の目指している考え方が「日本にも欧米に負けないものがあります」という高い志をしっかり持っていて、世間にこびていないし、原作をなめていない。大泉という人も臭そうですごい。緒形さんを泣かずには見られない。寺島しのぶさんは濡れ過ぎだ！　あと、鬼太郎が、まるでスキーのインストラクターのように「山の上にいるときはかっこいいが、里に出てしまうと友達に紹介しにくい外見」であるというのが、ものすごおおおくリアル。あの外見で夢が終わる感じがもう恋愛っぽすぎ。

　お父さんも最高！　声があのままなのに生きて動いてる……これまで他人に嫉妬したことがない私だが、お父さんのお風呂を嬉々として世話しているしょこたんにはじめて妬みを覚えたわ！

1月14日

　ヤマニシくんが来て、チビがもうどうにかなっちゃうくらいのはしゃぎぶり。あれだけ愛されたらヤマニシくんもむげにはできないだろうな……と気の毒になるくらいだ。

　朝から「ゲンアンがくるの、楽しみ～！　キラキラ～！」と言っていた。しかしその楽しみな相手に会って数時間したら「おい、ゲンイチ」と普通に呼びかけていたのでびっくりした。

　新年になり、仕事を断りまくっている。長編は気をそらすと全部パーになるから。

仕事が来るのはありがたいことだと本気で思っているけれど、体はひとつ、時間もできることも限られている。するべきことは今もうはっきりと決まっている。不義理だなあと思うけれど、大事なのは作品のほうであって義理ではないとわかっているけれど、親しい人の仕事ほど気分は重い。そうか、この重さがいつもの重さなんだなあと実感する。でも正体がわかっているので「しかたない」と思える。正体のわからないストレスがいちばんむつかしい。人生、ストレスはあって当然なのだから。ひとつひとつあたっていくことだと思う。

そんな私が今日最高に笑ったこと。

北野武の「花椿」での一問一答。

気持ちを高揚させてくれるものは？「今はフェラーリ」

どんなことにげんなりしますか？「フェラーリの横にカミさんが乗る時」

は〜、すばらしい……。

1月15日

時計のコマを一個増やそうと思い（デブになったからではない）、エバンスに行ったら、なんとつぶれて眼鏡市場になっていた。しばしが〜んとなるタクシーの運転手さんと私。むりだろうなと思いながら、西武の時計売り場に行って「ここで買った時計ではないのですが、やってもらえませんか？　修理費としてお支払いしますから」とお願いしたら、その場でちょいちょいっとやってくれて、お金はいりませんと言われて感動してしまった。今時こんな人がいるなんて！

フラ初日。

遅刻……。ううむ、改善したい！

どの踊りもさっぱりできず、自分はほんとうにフラを習ってきたのだろうかというくらいのでき。でも、今日はのんちゃんの踊る「キモフラ」となぜか「花見川音頭」を見ることができたので、大感動した。花見川音頭というのは、あの地域の人たちがなぜか全員踊れるという伝説の踊りである。しかし、フラスタジオなのになぜ、お誕生日の人が、大声で歌いながら花見川音頭を踊っているのだろう……車座で手拍子をしながら見守る仲間たち。わけがわからない！

1月16日

お昼はゲリーとゆりちゃんとお茶。すごく限られた時間なのに、なんとなくみんなのんびりとして、いろんな楽しい話をした。長い間いっしょに笑っていたみたいな幸せなお茶タイムだった。ふたりともいつ見ても若くて、対等で、ぴったり息があっていて、いいなあと思う。仕事の人間関係に大事なものがみんな入っている。桜井章一先生が「友達なんていないない、いるのは仲間だけだ」と言っていたが、ほんと〜うにそう思う。

夜は恵さんとごはん。

恵さんと会うたびに思うこと、それは「こんな人が電車に乗っていて大丈夫だろうか？　こんなにエロくて……」である。えりちゃんも前「タクシーに乗せるのも心配だ」と言っていた。単に俺たちが男（笑）？

しかも時差ぼけと疲れの極限状態にある恵さんが寝だしたので「ああ、なんで自分は男ではなかったのでしょう、もったいないなあ」と思ったことだよ！

でも十五分で起きてきちゃいました……。

ラ・プラーヤ。変わらず激うま。

そしてこのお店に行くといつも「食事とワインの結婚」というのはほんとうだと思う。こんなにワインがおいしく感じることはない。どうやったらこんな合わせができるのだろう。

店の造りや立地は今風ではないが、ほんとうにうまいものがわかる人は、この店の味を「なんじゃこりゃ！　うますぎる」と思うと思う。

1月17日

舞ちゃんと下北探検。

新しい小説の絵を描いてもらうために、ミーティング&リサーチをする。

とにかく茄子（なす）おやじのカレーはおいしい、という結論に（?）。

あのカレーには麻薬でも入っているのかしら。毎回新たにおいしい。あの量も大切だ。さすが絵描きの舞ちゃん「カレーの海にごはんの島が浮かんでますね」と言っていた。

1月18日

飯島さんの撮影のお仕事にむりやり参加して、おでん、シチュー、肉じゃがなどをむさぼるように食べる。久しぶりに清野さんにもお会いした。十五年ぶりくらいだ。変わってない……！

この世でいちばんどうぶつの森やってる率が高い、ほぼ日の人たちがいたので、チビがむさぼるようにゲームの話をしていておかしかった。

飯島さんのお料理のすごさを今日もまた思い知る。シチューなんて、ほうれん草のアクがいい意味でしっかり生きていて、うなってしまった。おいしいもの好きにはたまらない。ほんとうにおいしいものが好きな人は最後にはシンプルなものをよりおいしく、というふうになるんだねえ、と陽子さんと語り合いながら散歩して帰った。そこで勝負できるという気合いがプロなのだろうな。

まだ腹一杯だ……。

この一週間、うまいものばっかり食べてる!!

1月19日

夜はたづちゃんと待ち合わせをして、大内さん宅で鍋パーティ。

ミッドタウンのスタバにいるたづちゃんを見たらしっくりきすぎていて、ああ、この人は海外に長く暮らしていたんだなあと思った。チビとケンカしながら、サダハルアオキでお菓子を買ったり、ディーン&デルーカでジュースを飲んだり、バーゲンで散財したりして、ミッドタウンの幸せを満喫してから、パーティ本番にかけつける。

杉本さんがものすごい勢いで献立を組み立て、鍋の用意をし、ワインを合わせていた。すごいなあ。ほんとうに人が喜ぶのが好きな人なんだなあ、そしておいしいものを知り尽くしているんだなあ。タオゼンの事務局の山田さんもずっと静かに洗い物や下ごしらえを手伝ってくださり、ふたりともお肌がつるつるで、あらゆる角度から感動してしまった。

その頃には石原さん、壺井さん、陽子さんもやってきて、にぎやかになる。チビははしゃぎすぎてワルワルで怒られて、ドアの外に出されたら廊下をぐるぐる回って泣いていた。しばらくして迎えにいって廊下の絵を解説しながらおんぶして散歩していたら、その幸せがしみたようで「また廊下に出てふたりきりで歩きたい、ママもにっこりしてくれたし、ああいうときはああいうときでよかった」とか言っているので「一度目のデートがうまくいったからって、同じ場所に行っても、一度目ほどよくはないんだよ～」と言っておいた。

あまりにおいしいので、みんな腹一杯に食べた。大内さんは常に寛大にみなを見守っていたが、なにをしていても楽しそうなのでいい人だなあと思う。

そして石原さんがキ～ヒヒヒと言いながら、チビをはがいじめにして歩き回り、大人もみんな震え上がり、チビも泣いた。生で観る映画「トパーズ」だった。ど迫力！

1月20日

りかちゃんの家に行き、おいしいごはんを食べまくる。とにかくおいしくて、みんな無言で食べた。

あっちゃんとじゅんちゃんと私は、みなが働いているのに、はじめから男のようにただどっしりと座って食べていた。しかも待ちきれずに勝手にシャンパンをあけたり、ポテチを食べたりして、こういうときに男のする行動を全部していた。

チビはのんちゃんに遊んでもらったり、ちはるさんにセクハラをしたりして、さんざん怒られていたが、ちゃっかりとあっちゃんの激うまおにぎりやりかちゃんの分厚いチキンカツやまやちゃんのさくさくのキッシュをくまなく食べていた。

1月21日

アレちゃんと対談をしに、早稲田へ。

アレちゃんのまわりの教授たちは考えられないくらい優しく、いばっていないいい人ばかりだし、事務局も熱心だし、学生も勉強が好きで積極的で、ほんとうによかったなあと思った。教える道を選んだのはアレちゃんにとって切ない決断だったかもしれないが、みなに愛され、知的な話がしっかりと通じ、ユーモアも理解され、大人の世界が育っているその空間は彼にとって幸せなものだと思った。

しかし彼の朗読がうまいのにはびっくりした。ほんとうに演劇を勉強した人は違う！

学生さんから花束を贈呈され、幸せな気持ちで帰宅。

みんな自分の子供といってもおかしくはない年齢の人たちだが、私の小説を読んでくれているのが、不思議だった。質問も真摯なものばかりだった。やがて彼らが中年になるとき、今の私の書いているものが彼らを十分間でも救うことがありますように、と心から思った。

1月22日

一泊で新潟へ。

東京駅の地下の、もう改札を入ってからまですばらしいお店がいっぱいできていてびっくりし、シャンパンとチーズとお漬け物を買ってしまった。東京に住んでいてよかったと思わずにはいられない！

越後湯沢で雪がすごく積もっているのでどきどきしたが、岩室はすっかり晴れていて、あたたかかった。とにかく疲れを取るべくマッサージを受けたり、風呂に入ったり、おいしい蟹を食べたりしてどん欲に過ごした。最後は夜中の一時近くにお風呂にみっちりと入って、裸でデッキに出て、また入ってを繰り返す私と陽子さん。なんでそんなにお風呂に入るの〜？ と心底いやそうにしているチビ。

去年来たときのお姉さんがまだいらして、チビのあげたブレスレットを大事に持っていてくださった。ゆめやさんはいいお宿だなあ……。

1月23日

チビはなんと、おしめをしないでパンツで一晩寝ていた。おねしょもしていない。初めてだ！ そしていつもなら私のベッドに入ってくるのに、ひとりでひとつのベッドに寝ていた。これも初めてだ！ 大人になっていくなあ。

朝もいっしょに起きて、ちゃんとパンを食べに行った。

と書くとまるでいい子のようだが、悪いことばかりして陽子さんに本気で怒られていた。どこまで続くのだろう、この悪い時代。この年齢で恩義を感じろと言ってもむりとは思うが、「むり」と「親がいちおう言わない」のは別。

帰宅して久しぶりにヒロチンコさんに会えたので、チビはべったりとくっついていた。そしてみんなでカニ味のポテトチップスを食べたが、ものすごく生臭く「いつでもやめられるとめられる珍しいスナックだ」と語り合う。チビまで「これ、なかなかなくならないね」と言っていた。

1月24日

石原家に赤ちゃんに会いに行く。

おっとりしてにこにこしていて、ものすごくかわいかった。こんな手のかからない赤ちゃんは久しぶり……そう、うちの子もそうであった。でも今はこんな手のかかる子供はいないっていうほどの変身ぶり！

渡辺くん、原さん、りさっぴとワインを飲みまくり、英子ちゃんが作ったものすごくおいしいごはんを食べまくる。こんなにおいしいものを食べながら痩(や)せるなんてほんとうにむつかしいと思う！ そしてみなで並んでピラティスをやった。この状況でのピラティス、少なくとも心臓には悪そうだなあ。

駅まで歩いて、古道具屋で羽釜(はがま)を買った。

原さんが「俺が駅までもってやるから買いな！」とものすごいプッシュだったので。持って帰って炊(た)きました。すごくうまく炊けました。

原さんはもうひとつ「下半身だけだったら、全員といつまでだってうまくいくのに……いつだって上半身がじゃまなんだよな〜」とものすごい発言を！ そして私の

iPhone の中の iGirl にチンチンをこすりつけていた。いやだ〜！　耳に当てるものなのに〜！

1月25日

チビがお好み焼きだったら食べるというので、お昼を食べにお店に行く。

チビ「このお店はいいお店だね！　だって喉（のど）が渇いたときに一瞬で飲み物が出てくるもん！」

大声で言うのはやめて〜！

そしてチビはそのあとりえちゃんのお店に行き、

「ここはなかなか出てこないね、早く柚子（ゆず）こぶ茶がのみたいんだよ〜ん！　のみたいっていう気持ちをだしてなにがいけないの、いいじゃな〜い」

と大声で言い、止めた陽子さんにうっかりアッパーカットをくらわして、怒ったママにボコボコになぐられていた。

なんだか、酔っぱらいを連れて歩いているような毎日だ。

1月26日

久々の幼稚園に、朝早く起こした親への呪(のろ)いの言葉をまき散らしながら行ったチビ、帰りはにっこにこ。お弁当もぺろり。振幅大きすぎだ！　まあそれが子供か。

私も小さいとき「あまりにも君が朝不機嫌で起きないと、人間というものを信じられない気持ちになる」とお父さんに言われたっけね。そんな大げさな！　いちいち深すぎだ！　でも私も、全く同じ気持ちです、今。お父さん。当時はごめんなさい！

ちょっと昼寝と思って横になったら、あっという間に二時間たっていてびっくりした。早起きに向いていないのは私も同じである。

というか早起きすると時間があるのが楽しすぎて、あれもこれもはりきってやって、夕方にはもうへとへとに。ただのバカなのかも。

1月27日

チビの歯医者さん。

りさっぴと行くのはこれで最後。淋(さび)しいけれど、今日も楽しかった。お天気で、いっしょにナチュラルローソンで飲み物を買って、いつものようにチビはママに怒られ、歯医者さんでりさっぴに本を読んでもらい、でもセクハラをし……いい一日だった。

こういうことにはもう慣れたけど、気持ちは慣れない。小学校のときに仲いい子が転校していくのと同じ気持ちのまま。

しかし、なんでうちの事務所の人は長く続かないのだろう。みんながお年頃のおじょうさんで結婚していくというのが一番だが、やっぱり、ほんと〜に大変な仕事なのだと思う。物理的にも激務だし、どんなに大好きでも飴屋家（あ、でもこの人たちはなんとなく同じアパートくらいなら大丈夫という感じがする、肌で知ってる感ありだから）とか、さくらももこちゃんとか、奈良くんとか、森先生とか……に毎日会うと濃すぎて気が狂っちゃいそうなのを思うと、容易に想像できる。

私は小さい頃から濃い人々と、日常に絶対必要な息抜き的人物（それが強いて言えば私だったんだから、その濃さがものすごいことが推測できる）抜きになにがなんでも同じ箱に詰め込まれるという修行をしているからまだ耐えられるが、そうでなかったら、ほんとうに疲れるだろうと思う。さもありなん。

1月28日

チビのいちばん好きな先生、初恋のさおり先生が辞められるという。おめでたい理由なのでよかったが、チビはがっかりして、吐いて、熱を出した。

家族もみんなしょんぼりして、沈み込んだ。どれだけ私たちが彼女を愛していたか、言葉にはつくせない。どれだけ感謝しているか！　すばらしい先生だ。彼女が園庭でにこにこして走っているだけで、親たちははげまされたと思う。

英会話に行ったら、マギさんのお父様が亡くなっていて、でもマギさんはきらきらしていて、ステイしているジョアンちゃんもかわいくていっしょうけんめいに、彼女の友達が私の本を読んでいる理由を日本語で話してくれた。

そこで少し気持ちが明るくなった。別ればかりじゃないし、別れは絶望ではないんだし、きっとまた会えるだろう。

あまりにしょげたので「ポテン生活」（木下晋也著　講談社刊）を読んでくすくす笑う。タイトルとの関係がものすご〜くおかしい。この感じしか今の私をなぐさめるものはなかったな！

1月30日

さおり先生に花束とお守りを持って、お別れのあいさつ。

でも復帰する気持ちがあることを聞いて、チビの顔がきらきら輝いた。よかった……。

人生って大変だなあ。自分にはもっとたいへんなことはいっぱいあったけれど、子供が一歩一歩それを進んでいくのを追体験すると、たいへんだなあと思う。

昨日のフラで筋肉痛になった。おかしいなあ、アカフォールズ見に行ったばっかりなのに、とても体であの美しさを表現できているとは思えない。

きれいな景色を見て、そこに自分の気持ちを乗せて歌ってしまうハワイの人たちの感性は全く日本人と同じだなあと思う。

1月31日

チビの塾見学。塾と言っても、とても柔らかい感じのところ。

新宿二丁目のど真ん中さにびっくりするが、校長先生はすばらしかった。現場で戦う人を見ると無条件に感動してしまう。それでも御苑ゾーンから伊勢丹さくらやバーニーズゾーンに入るとこれまた無条件にほっとしてしまうのは、なぜだろう？　お高くとまっているわけではなく、体がなじんでいる感じだ。

御苑ゾーンのほうがほっとする人もたくさんいるし、私はちょっと落ち着かないミッドタウン、ヒルズ系でないと安心できない人もいると思うので、結局こういうことのほうが、東京ではこれからも大きくなっていくと感じた。格差の話とも少し違う。欧米化⁉

夜はりかちゃんの家に遊びに行った。みなで三国志の番組の録画を観ながら、さくら剛くんはこの中ではそうとうかっこいいのでは？という結論に至るが、「この中では」っていうのはかなりの問題点である、そういうメンバーであった。

2月1日

神田さんたちが遊びに来たので、お茶する。

ご近所さんの引っ越しは淋しいなあと思うけど、引っ越し先になじんだ神田親子のお肌がつるつるで幸せそうだったので、よかったと思う。いっぱいおみやげをいただき、陽子ちゃんの持ってきたおいしいシュークリームを食べながら、おしゃべりした。

夜は原さんのライブ。落ち着いたいいライブだった。混みすぎていないのもとってもよかった。声も出ているし、演奏もひとつにまとまってきたし、まだまだいける感じがある。年齢を重ねるということは経験値が増えてなまけるこつもわかるということなのだが、原さんにはそういうのがないのですごいと思う。

「毎回最後の歌と思って歌ってるからな〜」とおっしゃっていた。

今日、うちの姉が遺体の第一発見者になっていた。姉と、石森さんと、たけしくんが。

ある知り合いと連絡が取れなくなって、心配して、大家さんに頼んで鍵(かぎ)をあけてもらったのだった。そうしたら死んでいた。自然死であり、自殺ではなかったそうだ。こんなこと、最高に身近でもランちゃんの近さまでだと思っていたよ……（ランちゃんごめんなさい）。

私とたけしくんは、心のどこかでわかっていたんだな、となんとなく思った。この間、その人に関して会話をしたとき、そういう雰囲気があったからだ。もしかしてと思いながら、彼のために行ってあげたたけしくんは偉いと思った。

それにしてもこんな近くでそんなことが起きるなんて。

亡くなった人とは、十八のときからの知り合いだ。友達ではないけれど、しょっちゅう顔を合わせていた。かわいそうな人生だった。親ももうない、仕事は過酷、モテるタイプでもない、社交がうまくもない、難病も抱えていた。それでも、彼のことを忘れない。彼と知り合えてよかったと思う。彼のいなかった人生は私たちにはもうないのだ。それが知り合うということだ。いつもチビには心から優しくしてくれた。優しい人だったと思う。海でアジフライをわけっこしたり、バイクで去る彼をお見送りしたりしたな。きっとお姉ちゃんたちに見つけてほしかったんだね、成仏(じょうぶつ)したね、と思う。

2月2日

「件名：さ・さ・最悪～～！！

今日、石森・たけしと共に、Mんちに捜索隊で行って来たんだけど、正に最悪の事態でした。

部屋で孤独死してました。

わしが第一発見者なわけで、サッに止め置かれたりして……でも、あまりにも、かわいそうな人生にゃ～……。　姉拝」


これが、姉からの第一報メールである。そんなときにこんなこと書けるなんて、お姉ちゃん、すごすぎる。いろんな意味で！

でもこんな姉を愛して友達でいた彼だから、きっと今頃天国で笑っているだろう。

あとから、彼は別に孤独に死んだのではなく、ご家族とは最近縁を取り戻し仲良くしていたこともわかり、ほっとした。

2月3日

すごい態度だからといってふざけているのではなく、泣いたり落ち込んだりしていないわけではないのが、我が家の人の大きな特徴である。誤解されやすいけど。姉がしょんぼりしていて、ほんとうに気の毒だった。家族同然にいつも家にいた人だったからなあ。

豆まき&安田さんに踏まれたい会アダルトの部が開催され、ハルタさんはお誕生日なのに遺体の話など聞かせられて気の毒。でもハルタさんも彼のことは知っていたのでみんなで追悼できてよかったと思う。母も彼の死に落ち込んで廃人みたいになっていたので、心配しながら寝かしつけてあげた。親を寝かしつけられるなんて、長生きの醍醐味(だいごみ)だなあと思う。

2月4日

「ロハスキッズ」の取材。

AKANEちゃんにばっちりとメイクしてもらいながら、美容情報をたくさんゲットする。変わらず大きな目がキラキラの美人さんだった。

子供がいる家はそれぞれ大変、いなくってもそれぞれ大変。生きていくのはいろいろな形があるなあと思いながらも、自分が全然いい感じの子育てをしていないことを痛感する。でも、生きているし、健康だし、愛し合っている。万事オッケーだ！おとといから、孤独死がほんとうに孤独かどうか考えているけれど、どうも違うような気がする。「悼む人」ではないが、その人が他の人たちに愛されていた過去があれば、死んだ瞬間にひとりでも淋しくないなあと思った。

写真を撮りにきた井上さんが私の本をほんとうに大切に読んでくださっていて、身がひきしまる思いがした。人の人生に本が寄り添える幸せ、これがこのたいへんな仕事を苦労と思わなくてすむ幸せだ。

ヤマニシくんがチビのお誕生日にすばらしい絵を描いてきてくれたが、チビは「じゃあかわりにチビちゃんの絵をあげるよ」と絵を描いて渡していた。ううむ、贅沢！傲慢？

2月5日

神宮前あたりのカフェにいる人たちって「職業はなんですか？」と聞きたくてしかたない人たちばかりである。だいたい想像はつくんだけれど、意外性がありそうな人が数人混じっているの。

佐々木倫子の新刊（北海道のTV局に入った新人の話）を読んで、夜中にひとり腹がよじれるくらい笑う。あの人にしか描けない独特のギャグを読むと、人はそれぞれそのままに生きていくのがよいです、と素直に思います。

2月6日

久しぶりにブッククラブ回に行き、しみじみと本を読んだり買ったりする。この幸せはここでしか味わえない。ヒロチンコさんが同じようにここにあるような本を嬉しそうに見ているのを見ると、趣味が同じで結婚したんだなあ……と思わずにはいられない。

2月7日

中島さんのブログを見て、いてもたってもいられなくなり、ワタリウムへ飛んで行く。島袋さんの個展……笑った……。特に箱のところで。

いっちゃんとチビと三人で、街を見下ろしながら配達してもらった花茶を飲んだ。

彼の作品は自由と旅の匂いがするところが、奈良くんを妙に思い出させる。アートにたずさわるということは、生き方の問題なのだと改めて思った。しかし淋しいことなんだなあと。でもそれが実は人生の本質なのに、みんな見ないようにしている。淋しいから。だから、こういう人がたまにつきつけてくれる。

彼の個性は性の匂いが薄いところと、アートな人たちといるといつもあまりに唐突に行動するので、気疲れするというあの独特な感じ（奈良くんは、唐突ではあるのだが、決して他人を巻き込まないところだろうと思った。ペースが速すぎない作風が好きだと思った。唐突さで驚かされて日常に風穴をあけられて洗脳されるよりも、島袋さんみたいに自然の流れを見ている感じの方が、私は好き。

私の仕事は厳密にはヒーリング業（しかしこれも決して甘いものではない、人の可能性の限界を見に行く旅である）なので、アートとは違うのだが、彼のような人の作品は息苦しくなっている私に酸素をくれる、そう思う。野口さんが（多分そうなのだろうという、あくまで推測）その才能を惜しみなく彼のために使っている感じも大好き。

あ〜、気持ちが明るくなった。

2月8日

チビ六歳。

無事でいてくれたことだけを、天に感謝する。そしてこの気持ちを忘れたくない。

今日も荒れて泣いていたけれど、陽子ちゃんに遊んでもらい、りえちゃんにお菓子をもらってにこにこしていた。よかったよかった。

夜は三奈ちゃんにもらった餃子で、四人だけの大パーティをする。

昨日は初めて家族三人でラ・プラーヤでお祝い。あまりのおいしさに、うまれてはじめてエビを丸かじりし、はじめてマグロをおいしいと言って食べた。すごいことだと思う。あのお店のごはんがおいしいものだということが、子供にもわかるんだなあ。

「だってエビじゃないみたいなおいしい味のソースみたいなのがついてたからおいしくて、もっと食べたらやっぱりエビだけどおいしかったんだよ」とか言っていた。

2月9日

今日ははじめてのところでランチを食べてみよう、と思い、自由が丘で人気のある和食の店に行ってみた。カウンターに座ったので夫婦ゲンカの様子がものすごくリアルだった。

店の人（妻）「ごめんなさい、白いご飯がもうないんです、蒸し寿司だけになります」

私「はじめから蒸し寿司に換えてもらおうと思ったので、いいですよ」

店の人（妻）「お時間かかりますがよろしいですか？」

私「どのくらいですか（白いご飯はなく、かといって蒸し寿司は時間がかかると言われてもいったいどうすればと思いつつ）？」

店の人（妻）「しょうしょうお待ちください。（目の前で板さんに）どのくらいかかる？」

板さん（夫）「わかんない！」

店の人（妻）「三十分くらい？」

板さん（夫）「そのくらいかもしんない！　わかんない！」

この人たちは、少なくともカウンターをやめて、厨房を奥にしたほうがいいのではないだろうか。

そのあとも奥さんの「ああもう！」「いいかげんにしてよ」「早く言ってよ」などなど目の前でライブ感炸裂。

となりに座ってる人がみつまめを頼んでから五分後に「さっきの注文、なんだっけ？」と板さんが言い、妻が「みつまめ」と言い、その五分後に板さんが「ごめん、かんてん切れてた！」というやりとりも、全部となりの人たちに丸聞こえだった。混むということを想定しないでお店をやるからそういうことになってしまうのだなあ。

味はとってもおいしかった。

私が「夫婦仲わる〜」と言ったら、ヒロチンコさんが「しっ」と言った。やっぱりこのタイプの双方の人たちにとってカウンターはよくないのでは。心がオープンすぎるとオープンキッチンには向かないってか？

うちの夫婦はそのあと仲良くラキラキにタイマッサージを受けに行き、すっかり癒(いや)されましたとさ。

2月10日

チビがいきなり発熱するも、女子のごはん会に行く。

三宿のとっても混んでいるお店で、たかちゃんも久々にやってきて、みんなでものすごく食べた。馬肉とか、豚足とか。

そういうものを食べまくりながら、ワインをがんがんとあけ、最後はビール締めをする私たちを見て、きっとお店の人は「こういう女はいやだなあ〜」と思ったことであろう。

帰宅すると熱のせいだけではなく家族のテンションがものすごい低さだったので、なにかと思ったら、あまりにもこわい番組を観て気持ちが沈んだそうだった。チビだけでなく、ふたりそろって本気で沈んでいるところがおかしいところである。
その様子を見て、今はまだ死ねないなあと思った。

2月11日

ここぺりに行き、ごりごりの肩をほぐしてもらう。人類から出ているとは思えないような音がするので、どきどきした。おいしいさつまいも入りの蒸しパンもいただいた。関さんが死んだら困る人がいっぱいいるから、絶対先に死なないでとお願いしてみた。マリコさんがおうちにいたので、いろいろ婦人科の質問もする。ためになった。それに、ちびろうな話ではあるが、カルサイネイザンのときのブンさんといい、助産師のマリコさんといい、たとえ女子でも自分の穴に指を突っ込んだことのある人に対しては、問答無用の「頼る気持ち」のようなものが原初的にあるなあ、と思う。だからこそ、やっぱり援助交際や初対面の人と仕事で寝るのはしないほうがいいんじゃないかなあ、と思う。混乱した情報が脳に伝わって、自分を破壊することになる恐れがある。

最近のもうひとつの発見、それは「女子はなにがあっても、よほどの上級者でないかぎりは、男に本音を言わないほうがいい」ということだ。それだけ守れたら、もてるのは約束されるし、人としても成長するのではないだろうか。できないからみな困っているのだが。

2月12日

チビが風邪治らず病院へ。

朝日の中をとぼとぼといっしょに歩いていると、いい知れない幸せを感じる。

お互いに体調もさえず、寝不足で、でも同じ目的で歩いている……

人間同士だな〜、みたいな。

でも、夜は熱が下がったので、ジョルジョとたくじに会いに春秋へ行く。

ふたりに、ここのごはんを食べさせてあげられてほんとうによかった。なかなかチャンスがなくて今まで一度も招待できなかったのだ。全てがやはりおいしく、誠実で、お店の人もいい人たちで、すばらしかった。

ジョルジョがチビにプレゼントしてくれたブルーノ・ムナーリの組み合わせできる透明なキット、あまりのすばらしさに大人たちが騒然となっていろいろな風景を創りはじめた。でもチビは重ねないで、なんとアニメを創りはじめた。ああ、子供はやっぱり自由だなと思った。でも大人がこの自由を演出したら、いやらしいだけだ。むつかしい。やはりむきだしでいないとだめだということだろうな。

2月13日

前田夫妻が来ていると聞き、青山の沖縄物産展に。琉球ぴらすのお姉さんもいて、なんだか沖縄みたい。まりちゃんももちろんいるし。そこで慶子さんとハルタさんと合流し、陽子さんにも出会い、しばし和んだりアンケートに答えたりしてから、もう一回島袋さんの個展を見に行く。今度はチビがいないのでゆっくりと見ることができて、やっぱり楽しかった。仲のよい人たちと並んで「シマブクのフィッシュアンドチップス」を見たのは、最高の思い出かもしれないな〜。

2月14日

「ミセス」の連載ではとても書けないネタなので、ここに書いておく……。

パパとチビがお風呂(ふろ)に入っていて、私があとから入っていった頃チビが「もう熱い〜」と言っていくつか数字を数えてから出ていくというのはいつものことだが、チビが「ほら、パパのフォンダンジンジャ（造語、きんたまの意）のほうがチビちゃんよりも大きい〜」と言っているので、「そりゃあそうでしょう」と言ったら「パパのフォンダンジンジャを描いていくね」と言って、風呂の鏡に思いきり絵を描いて出ていってしまった。

私はひとりでしみじみ小説のことを考えようと思っていたのに、鏡を見るたびにパパの大きなフォンダンジンジャが描いてあって、集中できなかったことだよ。

2月15日

どうしてフォンダンジンジャ？ という疑問が鈴やんから出たので、チビに聞いてみたら「そういう感じがするから」と言っていた。みわじんじゃとかはちまんじんじゃとかと同じ意味だって。罰当たりな！

夜、ぜんばの前でチビと陽子さんとラブレを飲んだりお菓子を食べていたら、「ほんとうに下北にいらしたのでびっくりした！」とかわいい読者の方に言われた。ほんとうにいるんですよ。だっていちばん近い都会かもしれないから。三茶か下北のどっちがいちばんかは微妙だけれど。三茶には駄菓子屋さんがないからチビが行きたがらないしなあ。家を出ると「グミビューン」が欲しいがために彼は必ず下北方向を目指そうという。でも濱田家さんのパンは大好きです。リンゴの入った奴(やつ)ね。

今下北の小説を猛然と書いているので、毎日いっしょうけんめい取材しているのである。打倒藤谷（うそです、内容が違いすぎます）！

でも藤谷くんの「下北沢」は大好きな小説。

育ちのいい人には、落ちていく人との関わり方がどうしてもわからないのに、人としてついしっかり関わって苦い思いをしてしまう……そんな苦しみがさりげなくよく描かれていると思う。

2月16日

実家に行き、父を連れてラーメンを食べに行く。博多の有名なしきりのあるラーメン屋さん。私にはちょっと濃すぎたが、それにしてもおいしいのは確か。父も八十五にしてとんこつを完食！　その胃袋を受け継いだのはとても幸せなことだ……。

お店の人が車いすにも子供にも優しくて感動した。満席の店なのに、すごく親切で融通もきくなんて。

そしてヒロチンコさんの車いすの取り回し方のうまさといったら、芸術だ……。

自分のそういうことの不器用さにも感動だ……。

チビの「頭がどうにかなっているのではないか」というテンションもすごすぎる。

だって、ひとりで歌って踊りながらげらげら笑って歩き、よだれをたらしながら笑いすぎて苦しんでるんだもの。まわりはだれもしゃべってないのに。

姉がチビに誕生祝いに駄菓子買い放題のプレゼントをしていたが、このふたりの組み合わせは、鬼に金棒というか、ほんとうにどこまで行くかこわいくらいに買ってもらっていた。

2月17日

「熱帯魚すくい」という入浴剤を買ってチビと遊んでいたが、この熱帯魚のリアルさと言ったら、まるで生きているみたい。こんなすごいものを作るなんて、よほど海の中の生き物を知っているな、というくらいの動き。感動した〜……

「猫びより」の取材。ものすごく掘り起こさないと、猫とのあたたかい話が出てこない私……でも猫はすごく好き、大好き。猫のいない人生は考えられない。たくさん生き物を飼うと、どうしても日常になって農園みたいになっちゃうなあ。朝なんて戦場だもんなあ、うち。うんこうんこしっこ片付けエサ掃除掃除みたいな感じで。そこにお弁当たたきおこす着替えさせるたたき出すみたいなのも混じって、ぐちゃぐちゃ。

そのあと百合ちゃんとデート。お茶したり、歩いたり、あちこちに寄ったりして平和な時間を過ごす。仕事で会うのもきっと楽しいけど、こういう時間がうんと大事だと思う。

百合ちゃんって、ほんとうは年上のえらい人なのに、あまりにも若いから、私が百合ちゃんとか呼んであれこれ勝手なことをしゃべってもほんとうにすっと受け入れてくれる、偉大だなあと毎回思ってしまい少し反省するけど、そこが私のいいところ&今さら敬語に直せない……!

2月18日

風邪が悪化。ほんとうによくひくけど、チビが強烈な菌を幼稚園から持ち帰ってくるのでもれなくうつされている……看護師さんとか保母さんって、たいへんだろうなあ。この虚弱体質ではとてもなれないわ。

でも婦人科の検診へがんばっていく。懐かしいなあと思って入っていくと、なんとヌイ先輩がかわいいおじょうさんと大きなおなかの中の赤ちゃんを連れて(?)いらしていて、ばったり! なんというすごい偶然だろう。ヌイ先輩の踊りがものすごく大好きだったので、会えてほんとうに嬉しかった。あんなすごいダンサーがママとして普通に検診に来てるなんてそれだけで感動だ。

頼れるマリコさんと懐かしい浦野先生にみっちりと検診してもらい、健康についてしみじみと考えながら、次は鈴木親さんと撮影。

親さんはいい人だし、写真を撮るときにだれよりもしっかりとできあがりが頭の中にできているので、安心だが、カメラの向こうの殺気はこれまで会ったどのカメラマンよりもすごい。そこには優しさや情のかけらもない。篠山紀信さんよりもない。だからこそ、あんなポートレートが撮れるのだろう。

2月19日

頭ががんがん痛く（二日酔いではありません）、喉（のど）が腫（は）れているので、リフレクソロジーへ行く。しむらさんが本心から優しくマッサージしてくれて、体についていろいろ言ってくれたので、それだけでありがたくて治ってしまいそうだった。

家で地味に鍋（なべ）を食べて、松田優作を見て過ごす。やっぱりかっこいいなあと思う。いい知れないかっこよさが迫ってくるし、晩年に近いほど余裕が出て、かっこよさも増してくる。

2月20日

りえちゃんがおいしいものをみゆきさんからあずかってるというので、おるすばんのチビと陽子さんに取りに行ってもらったら、りえちゃんから「いっぱいおしりを触られ、かわいい女の子を見たらいっぱいおしりをさわったほうがいいと幼稚園で習ったと言ってました」というようなおそろしいメールが来た。そんな幼稚園に行かせてない！ さすが「ハレンチ学園」のモデルになった高校を出た母の息子であるな……。

夜は豪華にロルフィングまで受ける。それから近所のおいしいフレンチで軽くごはんを食べて、家に帰ったら熱がどんどん出てきた。これはいいかもしれない、とひたすら眠る。こういうときはなにも言わずに眠るのがいちばんだ。痛くても熱が出てもなにがなんでも寝るのだ！

2月21日

寝すぎるくらい寝たが、まだ眠い。熱は少し下がってきた。

眠いままに、小顔マッサージに行ってまた眠る。眠って起きるごとに少しだけ治っているのが、ケモノっぽい。ケモノとしての本能、そして恐怖を持っているのが人間としての強みそして弱みだなあとしみじみ思う。

ロルフィングを受けると、身びいきではなく、半日から一日後に「生きているってこんなに幸せなことなんだ」という体調（気持ちではなく）がやってくる。きっと人間は本来そういうものを持っているのだろうと思わずにはいられない。

2月22日

ワンラブで野口先生の体癖の本を買って、久々に読み込んだら自分はどこからどう見ても完璧（かんぺき）に六種。よく寝る食いしん坊なところもばっちり。落ち込むなあ……と思いながらも、むむ、オバケのQちゃんは五種なのか？ などとも思う。

それから安田さんのところへ踏まれたい会へ。

今の時代は、そろそろもう全員を救ったり救われることを考えないで、自分の自然な縁だけで生きていけるのかもしれないな、と安田さんとしゃべっていてしみじみ思った。

昔はネットがなかったから、よほどがんばらないと「近所の人が必然的に周囲の人でとなりの席の人が友達」みたいな感じだったが、今は違う。自分の自然な縁で知り合った人たちを精一杯助けるだけでも、道はひらけるような気がする。

2月23日

あまりこの欄に悪いことを書くのはよろしくないと思いつつも、考察。

十二時五十三分に、お店のドアをふっとあけて入ったら、お店の人がものすごく怒った顔をしてつかつかやってきて「オープンは一時からなんですが！」と言って、私を押し出した。ごめんなさいね、と言っても無言！　にらみ！　そのギョロ目のすごさといったら、もう鬼みたいで「おうべいか！」と思わずにはいられなかった。

ヨーロッパのリゾート地の高級ブランド店に行くと「私たちはモデル、だから服を着こなせるの、あなたたちは猿、日本人は特に猿、だからお金だけおいていって」という接客を見るし、それに慣れきっている私は「そうですよ、小金を持った猿です、だからほしいものを出してください、はいはい」と対応できるが、日本もついにここまできた。よく行く店でいい人もいると知ってるが、もう二度と行かないだろう。すてきなバッグをいっぱい買った思い出の「V…P」の代官山店よ、さようなら。いくら最愛の中島さんが広告に関わっていても！

店を五分早くあけてという話では絶対なく、言い方があるだろうという話。

まあ、私のすっぴんヒッピー調の見た目も悪いんだけどね！

そのあとトムスサンドウィッチに行ったら、お店の人たちがなごむおしゃべりをしていて、家に帰ったかと思うくらいほっとした。

これから日本はどうなっていくか、そういうのを考える仕事ではないのでわからないが、大きな流れとしては、まずは米を食べるようになり農業が盛んになるだろうと思う。もう一方の極は、テクノロジーと技術力の輸出。さらにやってくるのは「日本全体が観光地となる」ことだと思う。もうそれははじまっている。「温泉、世界中のおいしいものがある、いい人たち、清潔さ、安ければ安く、高ければ高いなりにすばらしく、基本的に安全、夢みたい」とよく海外のお客さんたちに言われる。その中で最も売りになるのが日本の異様にきめこまかいサービスなんじゃないかな、と思う。

前にうちで働いていたタッキーはアパレルの接客業だったが、もはや癒しか？という接客をしていて、天才的だった。ああいう人が日本をぐっと下から支えていくのではないだろうか。

2月24日

「トップランナー」に増子由美ちゃんが出ていた。トネリコは残りのふたりも天才かつ現実的ですごいが、あのデザインに含まれる狂気の部分は由美ちゃんのものだ。ヒロチンコさんに似てる箭内さんも由美ちゃんも「どうしてよしもとさんは『キッチン』の表紙を、作品を見てもいない由美ちゃんに頼んだのだろう？」という雰囲気になっていたので書くと、いっしょに働いていてその強迫観念に近いデザイン能力に畏怖の念を抱いていたからだ。らくがきをしようが、伝票を書こうが、由美ちゃんの手にかかると全てが一貫していた。美しく整えることだけが彼女の当時の厳しい人生を支えていた。

当時の代表的な発言「私は、ムカデはけっこう好きですね。デザインがかっこいいから」

単にセンスの違いだと思うのだが、山本容子さんが私に「なによ、あんな壁紙みたいな装丁、素人くさい、プロがやったらどうなるか見せてやる」と言って、あの「TUGUMI」のすばらしい装丁をやってくれたのだが、山本さんはもちろん天才だし、私はそのとき新人なので言わなかったが「いや、由美ちゃんの才能そして『キッチン』の表紙もまた歴史に残るものだ」と思っていた。そのことが証明されて、嬉しいな。

午後、曽我部さんと下北対談。いつもながらかっこいい。声を聞いているとライブを見てるみたいだし、写真を撮るときにはビシッと気合いが入る。私も含め、ロックというのは生き方なんだなあと思う。私も今日も美人なAKANEさんにばっちりとメイクをしてもらって気合いを入れてのぞんだ。

2月26日

タイ料理屋さんに行ったら、みゆきさんが「チビちゃ〜ん、チビちゃんのフォンダンジンジャ（チビの造語、きんたまの意）のことで頭がいっぱいだよ！」とすがすがしくチビに声をかけたあと、もっともっとさわやかに「テッちゃん（ご主人）のフォンダンジンジャもすごいよ！」と言っているのが聞こえてしまい、大人たちはその後テッちゃんを見るたびにどぎまぎした。

2月27日

「チェンジリング」を観る。優れた映画、最高の演技。誤解をおそれずに言うと、監督は悪人を知り抜いているから、このようなリアルさで映画が撮れたんだろうと思った。アンジェリーナさんは、自分をきれいに見せようと少しも思っていないのがすごい。それだけでもう立派な人だと思った。

誘拐映画を観たあとでお迎えに行ったので、チビに会ったときの私とパパは泣かんばかりの異様な感動ぶり。雨でテンションが低く冷めた本人との温度差が激しかった。

夜は母のお見舞いをして、はげましたり元気づけたり大騒ぎをして病棟に迷惑をかけまくってから、姉と久々に根津に行き、イタリアンを食べる。ちゃんと石窯があって、おいしいピッツアもあった。私が住んでいたときとは違うおしゃれな根津になってるなあ！

2月28日

あやちゃんとデートする。

私も器用ではないけれど、あやちゃんも、美人さんでなんでもできるのになぜかそういう人なので、安心する。器用で、なんでもわりきれる人とはいっしょに仕事するのは大好きだけれど、プライベートでは接点がないなあ。

一年ぶりにヌッくんとカラオケに行き、恋愛に関して激論を交わす。次郎くんがいちいちコメントをするのだが「あ、それは商売女の場合か」とか「抱かないのが悪いな」とかいちいちヌッくんの純愛話に水を差すようなコメントばかりで、そのふたりの対比のほうが面白いくらいだった。

そういえば次郎はこれからデートだと言ってるいっちゃんに向かっても「もしも深い関係だったら、一軒目はお金のむだだから行かないで、おいしいつまみとお酒を買ってホテルに行った方がいい」と言っていたが、むちゃくちゃよけいなお世話である。

3月1日

昨日、いろいろな予定の変更があり、結局次郎と五時半に待ち合わせをしていたのだが、三時半くらいにいきなりヨッシーからすばらしいうにとほたて群が届いた。なのできゅうきょそれらを生で！　バターで焼いて！　などなどして家で次郎が持ってきたおいしいお酒を飲んだ。なんというタイミング、スピリチュアルだ〜。私の場合、三ヶ月先くらいまで予定がみっちりつまっているので、その日に届いたおさしみをその日に食べられる確率は非常に低いのだ！　よかった〜。

3月2日

駒沢公園でチビが遊んでいるのにつきあっていたら、ベンチというベンチにぎっしりと、くっついて小鳥のように丸まって座っているお母さんたちがいて、顔もみんな寒そうでおかしかった。でもああやって待っていてくれるなんて子供たちは嬉しいだろうなあ、一生忘れないだろうなあ。でも私はチビからキックボードをとりあげてひとり練習、つきそってあげてるのはむしろパパであった……

タムくんとお茶。四十五円しか持っていないのがすごい。「たまにお金を持ってないと、なんだか楽しい」と言っていた。いいなあ、タムくんって。なにを言ってもタムくんらしいことしか言わないので、もはやお坊さんの話のようだ。飴屋さんとなにか創るというので、飴屋さんが箱に入ってたことや血を出してたのや人毛人形の話をしたら「他はいいけど血だけはやめて〜」と言っていた。なんだかわからないが楽しみな組み合わせだ。っていうか血よりも箱のほうが、命に関わると思うんだけど……、タムくん、ほんとうに飴屋さんを想ってる（笑）？

3月3日

私にとって、地獄と言えば「人形地獄」、万博と言えば「パビリオン地獄」に決まっている。関係ないが甲子園は「地獄甲子園」だ！
最後のだけ著者が違うが、これほど自分がムロタニツネ象の影響を受けているなんて、三十年代ブームがこなかったら決して気づかなかったことだ！　手塚水木赤塚藤子大先生たちを超えて、あまりにもこわかったので、心に焼き付いてしまったのだろう。

母のお見舞いに行って、病室でチビと大げんか。母がチビを気の毒に思ってゼリーを与えていた。もめごとがあると人はしっかりするのかも……！　平和でいい雰囲気だとかえってだめかも！

にしても、このタイプの「意に沿わない場所に来なくてはいけないし、病人がいてなんだかつらいし切ない、うまくふるまうこともできない、だからやつあたりしたくなる」気持ち、私は中学生までなかったなあ……チビは大人だなあと内心感動する。

3月5日

大内さんのお誕生日前日なので龍天門で飲茶（ヤムチャ）の会をする。大内さんは裏表がないを超えて、もはや変人の域に入っている（いい意味で）。社会の中に身の置き所がないままにちゃんと仕事をして大人になってしまった、そういう仲間なので安心する。

しかし、いざチネイザン（内臓マッサージ）のセッションとなると違う。腹に触ったとたんに、べたっとしていない人類愛が彼に宿り、神々（こうごう）しいような優しさになる。これまでこつこつと人を救ってきた人特有の高いレベルを感じる。私も小説を書くときそういう変身ができているといいが、と思う。

セッションを受けてから、三人で恵比寿の町をてくてく歩き、子供のように分けっこしてアイスを食べた。お天気は久々によくて春っぽく、夕方の光はきれいで、体はすっきりして湯上がりみたいな気分で、人生はほんとうはいつでもこういうふうなものなんだな、と思った。

3月7日

ゲリー・ボーネルくんの自伝第二弾のゲラをひたすら読む。序文を書くためだ。

彼ほど珍しい人生を送った人はいないという意味以上に文学的にかなり優れていて、もういちど彼と知り合いなおし、思い出を作りなおした感じがした。親に暴力をふるわれて体から出てしまったり人格が分裂した人は、言っちゃ悪いがたくさんいるだろう。しかし、そこから知性と愛を武器に真にスピリチュアルな世界に踏み込んでいった人は少ないのではないだろうか。

花粉症だし、寝不足だったので、ベッドに座って少年ゲリーの切ない日々を読んでいた。心の中が柔らかく優しい光にずっと照らされているみたいな感じがした。隣の部屋ではパパと子供が遊んでいる。遠くの病院では母の意識が静かに過去の中をさまよっている。人生って不思議だし、今は無限だなと思った。そして悟った人みなが言う「起こる出来事は百パーセント決まっているが、人は果てしなく自由だ」という意味が体でわかった気がした。もうその実感は消えたけど、感触がリアルに残っている。

3月8日

夜十一時くらいに仕事をしていたら、突然にハモニカを持ったチビが私の部屋に入ってきて、

「あなたに捧げる音楽をもってまいりました〜」と言ったので、

「どんな曲を捧げてくれるの？　ママが決めるの？　チビが？」と聞いたら、

「はじめは私、次はあなた、しましまに決めてまいりましょう」と言ってる。交互のことを「しましま」ってすごいな！　六歳ならではの表現だな！

なので「いえ、そちらからどうぞ」と言ったら、

「では『ばななさんはじめまして』という曲を吹きます」と大音量でてきとうにハモニカを吹き鳴らしていた。うるさいし、仕事にならないが、なにもかもがおもろいな〜……。

3月9日

母のお見舞いに行ったら、奇跡的にしっかりしていた。一週間前まで私は「これはかなりまずいかもしれない」と思いながら、暗澹として帰ってきて夜中に泣いたりし

ていたのに。

両親ふたりともがたまに発揮する不死鳥のような気力！　底力！　を見せてもらったこと、そして遺伝的にもらったことは姉と私の一番の宝物だと思う。

もちろんこれからもまただめなときもあるだろうし、そのときはまた悲しくもなるだろう。でも、どちらの状態がいいとか悪いとかではない、この過程を見ていく全てが大事なのだと思うのだ。そして人がひとり大丈夫だったりだめだったりするだけで、まるで波紋のようにまわりの人々の人生が揺れる、この模様のすごさも、見つめる価値がある。

少しよくなってよかった、と石森さんと姉とピザを食べながら乾杯したことや、実家に寄ったら父がそのことでほんとうに嬉しそうに笑ったことなど全てがいい映像だった。

3月10日

友達だからではない……田口ランディさんの「蝿男」はものすごく面白かった。人生経験が深くないと書けない小説だ。「蝿男」のセックスもすごくリアルだし、「蛙たち」も！　確かにものすごいことがあった場所に行くと生理になったり歯が腫れたりするのだ、で、どんなすごいものを見るよりも、いちばんぐっとくるのが人毛のじゅうたんだったりするのも、わかりすぎる。

母が入院している私は「海猫の庭」を読んで、おいおい泣いたら、なにかが癒(いや)されていた。でももしかしたら、死ぬほどがんばれば私もいつかこの小説なら書けるかもしれない。

しかしラストの「鍵穴(かぎあな)」は私には一生書けないものすごいものだった。昔のランちゃんにも書けなかっただろうと思う。今の彼女だから書けた、この、人間存在の滑稽(こっけい)さそして真の優しさ。しょうもないが誠実に生きている主人公は最終的に様々な愛に包まれ、救われる。その形がすばらしくてまたも号泣した。私の中でこれは特別な小説だった。これまでのランちゃんの小説の中で、個人的にいちばん好きなものだった。そしてこれは女にしか書けない、だからなかなか理解されないのだ、そう思った。こんな抱きとりかたは彼女にしかできない。文体がエンターテインメントなので軽いと誤解されやすいが、彼女の挑んでいるものはいつも尊敬に値する。彼女の血や肉から出た言葉で紡(つむ)がれているからだ。軽い文体で重いテーマを書くことに関して、天下一品の才能だと思う。

今日はドイツの翻訳者トーマスさんと楽しくお昼ごはん。ちゃんと意図をわかって訳してくれていることが伝わってきて、なにか目に見えないところで仲間だなあと思う。翻訳者にはそれぞれの傾向がある。私は彼を勝手に、英訳のマイケルくんと同じ「ハゴロモ－みずうみ型」に分類。そういう男性の訳は繊細で確実なので、信頼できる。よし、ドイツ語圏でももう一回がんばるぞ～！ と希望がわいてきた。

3月11日

書店員さんに接していて思うことは、ほとんどの熱心な書店員さんが「これだけ本というものに貢献し、毎日地道にいい仕事をしているのに、裏方すぎる」と感じているという事実だ。これは、そのうち書店員さんの意見が主体の面白い本屋さんが今以上に生まれてくる可能性を示していると思う。書店員さん同士の熱い会話を聞いているとものすごい本オタクで、これからメディアがどう変わっていくにしても、頼もしい。

下北沢の小説第一稿が終わり、これから推敲(すいこう)。かなりゆるく、オチがなく、しかし読みやすい話だけれど、主人公の子がいつになく（？）モテる感じのかわいい見た目の若い人（もちろん読む人は自分なりのイメージで読んでもらっていいのですが、私の中では、かわかみじゅんこさんのマンガの人みたいな感じ）なので、書いていてそのかわいさに癒されて楽しかった。男の気持ち丸わかり！　わかってどうする！

でも書いているあいだずっと、彼女のお母さんの目線が自分の役だったので、年をとったなあと思ったことだよ。

3月12日

チビが荒れて母の病室でしくしく泣いていたら、母が「見てるだけでなんだかかわいそうになってきちゃって、泣けてきた」ともらい泣きしていてかわいらしかった。それを見たチビもさすがにまずいと思ったのか、突然に機嫌をなおしていた。人間って面白いなあ。

姉も交えて病院の近所で中華を食べようと待ち合わせしいくつかオーダーをしたら、いきなり店長がスーパーに買い出しに行った。なにが足りなかったのだろうね、と小さい声で言っていたのに姉が大声で「ブロッコリーに決まってるよ！　だって、こっちの皿のブロッコリー、こんなだもん！」としなびて腐りそうなブロッコリーをつまみあげた。そして店長が買い出しから戻ってからの料理のブロッコリーはほんとうにぷりっとしていたが、ホタテとエビがかなり古くデンジャラスな香りであった。そして「他にお客さんがぜんぜんいないね、お店ってこういうときもあるんだね！」とチビが大声で言ったので、おそろしいおばと甥だと思いながら、ごはんものを頼むのはやめて席を立って、となりの店でおいしいパスタを食べました。

3月13日

井沢くん、林さん、石原さんとまるで全員「プロフェッショナル」かい！ という豪華なメンツで、秘密のマンション寿司での密会を果たす。同世代なので少しも緊張しないよい会だった。死ぬほど仕事ができる人たちにはなにも言わなくても通じる共通項があって、ここにいられてよかったなあ、自分も仕事がんばってきたなあと思った。そしてみんな立派になったなあ、と感無量。

初対面の林さん（電通のとてもとてもえらい人）なんて、普通に考えたら雲の上の人だもんなあ、でも目と目があった瞬間からすっかりため口で「この人には自分の冗談絶対通じる」とお互いに思ったのがわかりました。

3月14日

せっかく下北で高橋先輩と佐内くんの豪華競演があるのに、私は関西へ……！ つまらないので差し入れだけして、先輩の冴え冴え写真集をじっくりと見る。 鈴木親さんといい、佐内くんといい、それから他の写真の人たちみんなといい、ほんとうに面白い人たちだと思う。生きにくく、人気者で、強くて、弱くて、ちっとも義理がたくなく、そこがかっこいい。

これまでにいろいろな人たちに写真を撮られてきた。それぞれのすばらしさがあったし、優しさもあった。

しかし、親さんに撮られるときみたいに「最高にくつろいでいるのに、殺されるかもしれない」ものすごく深い空間にいる感じはあの篠山先生にも感じたことはない。もしかして武士って斬りあう前こういう気持ちがしたのかな、と思った。

3月15日

MAYAMAXXの展覧会へ。

個人的には、点数を少なくしたほうがいいのかもと思った。

セレクトするのも才能のうちというか、数枚、ほんとうにすばらしい、ありえないようなものがあったので、まぎれてしまいもったいないと感じたのだ。あの人には、そういうくせがある。甘えを切り離さないくせだ。そこも良きに転じるかどうか。大好きなマヤちゃん、がんばれ、いい絵をいっぱい描いてと思った。いつか報われると。

年々大好きな京都が肌に合わなくなってきて、切ない。行くゾーンにもよるとは思う。奈良についたとき、体じゅうがほっとゆるんだ。

イナグマ家で最高の女の子たち……つまり奥様やリョウちゃんやニシオさんやシマダさんも交えて、最高においしいお刺身をいただく。命がきりっとひきしまるような、そして温かくて涙が出るような、夜だった。関わってもう二十年近く、お互いにいろいろなことがあり、そして今黙っていっしょにいます、という気持ちだった。神様ありがとう。

3月16日

正式参拝のあと待合所に出たら、みんながチビを見てぷっと笑う。なんでだろうと思ったら、参拝中にぐずぐずしたり寝たり怒られたりしてるダメダメなところが、みんな待合所のモニターに映っていたのだった！　恥ずかしい！

狭井神社にすばやく走っていき、お山に登ってみた。

パパとチビは頂上を極め、私と陽子さんは靴もだめだったし貧血気味なのでなんとなくふもとをうろうろしてピクニック。空気もいいし、お天気もいいし、幸せだった。降りてきて食べたにゅうめんのおいしかったことと言ったら！　運動ってすばらしいなあ。

帰りに東京駅のサバティーニでボンゴレをがつがつと完食するチビを見て、もうこれは野郎だ！　と思った。さようなら私の柔らかい赤ちゃん、こんにちは野郎よ（笑）！

3月17日

谷郁雄さんは、会うとふつうに仕事ができそうなおじさんなのだが、詩を読むと、あまりにもいい感じで、はっと目が覚める心持ちになる。「定員オーバー」という有里枝ちゃんと出した本を読んでいて、お天気もいいし、すばらしいしで胸いっぱいになった。これはもう、男界の銀色夏生だ！　切なさのキングだ！　その上なんかすご〜くいい人。

こういう人は、たとえ大金を持ってこなくても（笑）、家族が大事に大事にしてあげてほしいなあと勝手に思ってしまった。人々の心をうるおす、オアシスを内面に抱いているのだから。

3月18日

ここぺりの関さんは、数年前の私の体の不調とかそのときの様子まで覚えていてくれるので、感動する。関さんに会うと、それだけで体がほっとしてゆるんで安らぐのがわかるくらいだ。かなり甘えてしまっているのだろう。でも、期待したり、エネルギーを奪ってやる！　という種類の甘えは生まれてこない。健康でいて、これだけの力を注いでくれたことに報いよう、と思うのだ。

3月19日

久々に貧血から来る頭痛がなく、一ヶ月ぶりの頭痛くないデーだった。

病気って不思議なもので、慣れてしまう。でも、できればそうでない日のことをどこかに刻んでおきたいものだ。健康とはなにかをいつのまにか忘れてしまいそうだから。

今日でりさっぴと働くのも最後、楽しい思い出がいっぱいだ。

仕事ができる人だったが、久々の「友達型」秘書だったので、私もいっぱいしゃべったり笑ったりしてリフレッシュされた感あり、乳も尻(しり)も美しくセクハラもいっぱいして楽しかったなあ（笑）。

今度は「ばりばり仕事型」の頼りになるヨッシーちゃんがやってきた（注　乳も尻

も美しくないという意味ではありません）。どんな日々になるのか楽しみだ。

3月20日

病院に行かなくてよくなったので、ご招待いただいた坂本龍一さんのライブに行く。すごいなあ、と心から思った。純粋に音楽の力に触れるのってなんてすばらしい体験なんだろう。

力んでないのにほんとうに集中して軽い感じで弾いているし、なんといっても、二時間が三十分くらいに感じられたのでびっくりした。あまりにも音楽がよかったので、時間が速くたってしまったのだ。武道の達人に接したような感覚だった。ある地点に彼が到達していて、それは彼だけがわかる道を通ってきたのだな、ということが伝わってきて、生きているのはやはり悪いことではないな、私も生きていこう、と心から思えた。

3月21日

子供のための日本茶教室というのがあったので、チビを連れて行ってみた。りえちゃんがとても優しく教えてくれたので、私まで勉強になってしまった。言われたとおりにすると確かにうまみが違う。お茶は奥深いなあ。チビのいれたお茶を飲んで嬉しかった。チビも地元の子供たちとも知り合えて嬉しかったようだ。子供たちが虫で遊んだり壁の穴で遊んだりする感じって、私が小さい頃からなんにも変わってない。DSがあろうと、言葉がたっしゃだろうと、子供は子供だなあ。

3月23日

ジュディス・カーペンターさんと言えば、スピリチュアル界では現役ばりばりなのにキャリアがすごすぎて古典というかもはや神の域……例えるなら漫画界における萩尾望都さんにあたるくらいの人だろう。

なのになぜかひょんなことから会えてしまった。

しかも昔通訳をしていた百合ちゃんもいっしょに。不思議～、全部が不思議～。

筋のとおった願いってかなうんだなあ。

子供のとき、なにかが人と違う（よくも悪くも）、ものを観てる視点が違う、別にサイキックではないのだが、違う、と思って孤独に苦悩していて、同じような人たちにいつか会えますようにと願っていた。いまや姉も旦那も友達もみ～んなそんな人ばっかりで、感無量だ。生きててよかった。

たいへんにパワフルな人で、カメラは壊れるわ、熱くなるわ、貧血は治るわ、いろいろ聞こえてくるわ、見えるわ、大騒ぎ。どう生かすかは自分次第というのもとてもよかった。

いただいたパワーを百合ちゃんとヒロチンコさんとカラオケに行って発散しきってしまった感もあるが、信じられないくらい深く眠れた。

ピーター、ポール&マリーを歌う大野百合子、萌(も)え〜(笑)!

3月24日

仕事をしていたらチビが階下で大泣きしながら「死んじゃう〜、チビちゃん死んじゃうよ〜、ママ降りてきて〜！　これ以上このままだと死ぬ〜！」とほんとうにつらいときの声を絞り出してのたうちまわっている。

なにか刺さったのか、腹でも痛いのかと思ってあわてて降りていったら、「おなかがへった、これ以上細くなったら死んじゃう」だそうだ。

晩ご飯の時間に自分が工作に熱中していてなにも食べなかったのが原因である。ものすごく距離をおいた気持ちで静かに餅(もち)を焼いて食べさせたら喜んでいた。

私の日記の中でもいちばん反響が大きいパートであるが、もう一度ヒントを書く。

もしも、この餅を焼いているときくらいの冷ややかな気持ち（もちろん根底には愛情がある）を持って、そして「ほら、お餅焼けたよ、自分が晩ご飯食べないからいけないんだよ、泣くことないじゃん」と怒るでもなく言うこの感じ、この感じをもしも好きな異性にもてたら、安泰である。

「自分が作った晩ご飯を彼がおいしいといっしょに食べてくれたらすてきだな～」なんて思っているうちは、男の「アイドルが水着を着てうちの台所に立ってごはんを作り、そのあとやらせてくれないかな」と大差ないので、男女の仲はなかなかうまくいかないであろう。

3月25日

英会話へ。

彼らに会うと、信仰をもっているほうが、人間って自然なんじゃないかな、と思う。というかなんとなくいつも共同生活っていうのが、自然かも。もちろんバランスと人間力が要求されるわけだけれど。

遠くに住む先生のおじょうさんから電話がかかってきて「ママ、世界はどうなっていくの、こわい」と言われたので、「大丈夫、人類が今ほど自由を勝ち取っている時代はないのだ！　女性も仕事ができるし、夜外を歩けるし、飛行機に乗ってある程度は好きなところにいけるではないか」と言ったのよ！　と先生は笑顔で言っていたが、すてきなお母さんだな〜。

3月26日

いいお天気なのに寒すぎる！　と思いながら、一日中仕事仕事で目が痛くなり、途中耐えきれずにリフレクソロジーを受ける。志村さんの優しく力強い手に触れられると技術も大事だが基本は心だなと思う。けろりと治った。

夕方海外からの用事ががんがん入るも中断し、フラへ行き、みんなのよい踊りを見る。クラスのみんな、着実にうまくなり、そして歳をとっていっている。でも若いときのみんなよりも今のみんなのほうが好きだし、愛おしい。時間の蓄積のもつすばらしい効果だ。久しぶりにクリ先生の真後ろで踊り、そのものすごさを体で感じて鳥肌がたった。体中が踊るために作られたマシンのように動くのだ！

3月27日

チビといっしょに母の病室で寝転んだり、お菓子を食べたり、荷物を広げて整理してたり、ジュースやパンをむさぼり食ったり、全く家のように過ごしていたら、消灯の時間を告げにやってきた看護師さんがその様子をちらりと見て黙って出ていった……

3月28日

飴屋さんの演出している平田オリザさん脚本の「転校生」が静岡から東京にやってきたので、観に行く。

いちばんすごいと思ったのは、音楽そして女子高生たちの自然さだ。演技がどうとかいうレベルではなくて、まるであそこに架空の高校があって、全員があまりにも自然なのでかえってこの世のものではないみたいな感じなのだ。

そして概念としての女子高生ではなくって、彼女たちがあの世界でのひとつの意識の集合体のような感じだった。

あの子たちをあそこまでに持っていくのは、ものすごい力技が必要だったはず。というか力技では決してしないところが飴屋さんの天才なのだが。

いちばん面白かったのは、途中である衝撃的なことが起きる数分前から、なぜか私の胃がきゅうとしめつけられ、息が苦しくなってきたことだ。普通、プロの役者さんはストーリー上の大きなポイントを隠すことがすごくうまいので、そういうことは起きない。でも、このお芝居では演じている女子高生たち全員の心がほんとうにそのポイントに向かってきゅうと苦しくなっているから、伝わってきたのだ。そのことが、どんなに貴重なことかと思うと感動する。舞台の上にはずっと死の影があり、生の生々しい暗さがあり、青春の生臭いはかなさと退屈さと残酷さがあり、なのになんでもないところでなぜか涙が出てくる、すばらしかった。

ロビーでは飴屋さんちのコドモちゃんがものすごい身体能力を発揮して遊んでいて驚き（都会で育ってるのに山の子みたい）、帰りに食べにいったモンゴル料理屋さんの骨付き大盤振る舞いな羊の肉にも驚き（加藤木さんとふたりで、羊の匂いの汗が出てくるまでがんばって食べた）、すごい一日であった……。

3月30日

りんどう湖でボートをこぎまくったら、冷えて鼻水が出てきたので、あわててたちより湯へ行く。そして早い夕飯をLa terraでいただく。かなりハイレベルのピッツァが、外の窯で焼かれて出てくる。こんなお店があるなんてすごいし、ご夫婦だけでよくがんばってレベルを落とさないようにしていると思う。町のビストロとは一線を画す店だなあ。ヒロチンコさんのパパが「百歳までいける気がする」というのを聞いて、涙が出るくらい、生きていてほしいと思った。九年前までは知らない人だったのに、こんなに大好きになるなんて、幸せなことだ。

3月31日

今日はお見舞い、毎日年輩の人たちに会うので忙しい世代（笑）。

母はここ数年でいちばんしっかりしている。ワイメアできよみんに観てもらったとき、「よくここまで回復した」と驚いている姿が観える、と言っていたが、まさにその通りになった。実家でたかさまにみんなを踏んでもらい、鉄板焼きを食べる。たかさまもなんとなく家族のようで、みんなでしゃべりあって、笑いあった。そして全員の結論は「得たものは惜しみなく後続に与えていきたい」という気持ちのよいものであった。

4,1－6,30

4月1日

ご近所のサイキック、まゆみさんに会う。敏感だとお互いに苦労するね〜、とわかりあったりして、なんだか懐かしかった。それにしても私は、サイキックさんたちと気が合うのに、どうしてどうして！ 自分は見えないのだ？ 作家業にさしさわるからかな。

私にわかるのは中島さんのへそくりの行方だけだ。その場合は、私が中島さんを大好きで、中島さんのお金たちも中島さんが大好きで「見つけて」と言ってるからって感じだ。

条件がそれほどに狭くないとわからないので（狭すぎ　笑）、プロにはなれない！

チビも六歳で立派な野郎になってきたので、そろそろ自分の人生に戻ろうと思うし、それをまゆみさんがいっぱい指摘してくれたので、ありがたかった。

4月3日

りさっぴをねぎらう会で、一つ星のとあるお店に。

狭いお店なのだが、ほんとうに気の毒なくらいになにもできない青年がフロアにふたり。三人だったという説もあるが、とにかくふたりも三人もあれなら変わらない。ソムリエ兼サービスのお姉さんがてんてこまいになっていて、とても落ち着いてごはんが食べられないというか、出てくるのが微妙に遅いので、四人でワイン二本を軽く飲んでへべれけになってしまった。へべれけになって、

じゅん「もう私たち、ワインを飲み干してしまったでしょうか？」

店の人「え〜……確認してまいります……（かなり間があいてから）え〜、ワインは、ない〜」

語尾をのばすしゃべりかたが極まって、変に失礼なことに！

「ない、のか」「ない、ってか」

とげらげら笑う私たち。鼻持ちならない最低の客だ。ほんとうにたちが悪いと思う。若い人たちのお店を応援してあげなくては、と反省し、お姉さんと仲良く話してみるも、

「こちらは自家製のリモンチェッロでございます。レモンじゅうがたっぷり入っております」とお姉さんが言って去っていくやいなや、

「じゅう」「じゅうがたっぷりだ」「ほんと、じゅうだ〜」

と小声で言うのが、酔っぱらっていて止まらない。

まあお店にも問題があるが、こっちが悪いと思う。味はおいしかった。かなりがんばっていると思う。明朗会計&いろいろな食材にチャレンジしていた。でも、お店とは味だけではないからなあ。あのお料理をカウンターでテンポよく出してもらって、質のいいグラスワインをテンポよくいただけたらどんなによかっただろう、と思った。行けるお店がどんどん減っていく……。中年って哀しいなあ。

4月4日

恵さんとお昼にヘキサゴンカフェデート。ここのポークジンジャープレートは他の追随を許さないおいしさだ。

腕の脱毛について自然に語らっていたときに私が「それじゃあビキニラインはどうしておられる?」と聞いたら、ふう、という感じで「絶対次はそうくると思ったんだ」と言われた。なんで女友達に中年のおじさんたちに対するものと全く同じまなざしをむけられるのか、この人生。

4月5日

なぜか拙宅にジュディス・カーペンターさんがヨッシー(事務所のヨッシーちゃん

ではなく男のほう）といっしょに遊びにいらした。夢に私が出てきたから、と普通におっしゃっていたが、最初から最後までこちらが夢かな？　と思った。彼女のことはそのキャリアから言って尊敬しているとしか言いようがないが、いちばん好きなところは嘘をつかないところである。むだがないのだ。陽子ちゃんをヒーリングしてもらったり、お茶したり、和やかなひとときを過ごした。

夕方からは急きょお花見。満開の桜だし、父と母も車いすでやってきた。母なんておとといまで死にかけて入院していたのだから、すごいと思う。姉を含めてタクシーから転げ落ちてくるような勢いだったので「そんなにしてまで花見を！」と言ったら、みんながみんな苦笑したのでおかしかった。でも花の下で幸せそうにビールを飲んでタバコを吸っている母を見ると、よかったねえと思う。

4月6日

姉と昨夜自転車二人乗りで実家に帰ったが「ここは賭けで一度も止まらず突っ切ってみる」とか「ノーブレーキで坂を降りれば、向かいの坂をのぼれる」とか「あそこにサツが立ってる、気配でわかる、ここで曲がるぞ！」などなどむちゃくちゃだった。自分が四十過ぎて、五十代の姉の後ろに乗って死ぬかもと思うなんて、子供の時は考えられなかったなあ。楽しかったけど、今、生きてるのが不思議！　二回も本気で「神様！」って言っちゃった。

りさっぴとヨッシーちゃんの歓送迎会で真由膳へ。量もバランスも味も完璧。なんといってもまゆみさんのたたずまいに説得力がある。久々に味の快楽がある和食屋さんだなあと思う。形だけではなく、ほんとうにおいしいものをいっぱい食べた、しかも半端なものは人に食べさせないという強い決心をした人だけの作る味だ。

4月7日

アート関係の知人が次々干物を美しく作って写真をばんばん送ってくるからうらやましい。私は不器用で魚をさばいたり干したりできないのでためしに切り身でさくっと作ってみたら、激うまであった。干物会長のおっしゃるとおり、特に鯛がばつぐん。

4月8日

糸井さんと「LIFE」のための対談をしに、飯島奈美さんのスタジオへ。

糸井さんと対談するのは実ははじめてで緊張したけど、先方のキャリアのすごさですぐに軌道にのった。さすがだ……糸井さん、食べながら話せるし！　そしてなにをしていても次々にアイディアが出てくるのもすごいけれど、その場でつめすぎないのもすごい。糸が切れた凧みたいにアイディアをふわふわといくつも飛ばしっぱなしにしておいて、つながるのを待つ、すばらしい方法だ。また、普通ここからは引き返せないだろう、というところで引き返せるのもすごいと思った。もやもやしたまま進むとろくなことがないから、自分が憎まれてもやりなおす、みたいな英断の数々でほぼ日はできているんだね！　ものすごくためになった。あの、自分の責任で進めたけどやっぱりやめようと思うときの、苦い気持ちとか重い気持ち。あれを避けるためならなんでもします、と普通は思う気持ちを、現場で経験しつくしてるから、糸井さんは成功するんだな……。

飯島さんのごはんも理性と論理と最後まで気を抜かない細かい詰めの連続で、ただおいしくつくろうとなんとなくやっているのでは絶対ないことに、しみじみ感動した。

「LIFE」はその通りに作ると、魔法の味がきちんと出現するマジで魔法のような料理本なのだ。急に食卓に夢が降ってくる。

飯島さんになにかを問いかけると「え〜っと」とか「う〜ん」とか「こうなんじゃないかな〜」みたいなことは一個も言わない。常にはっきりとした答えが返ってくる。

それは性格ではなくって、全部のことにちゃんと結論を持っていて、しかもその結論がフレキシブルな人特有のものだ。彼女の味もまさにそういう味。

次々においしいものが出てきて、「家庭の味を料亭の技で食べている」といういちばん幸せなことが叶った午後でした。

しかしなんだか体が一回り大きくなった気がしたので、いっちゃんとおしゃべりしたりスパークリングワインを立ち飲みしたり買い物したりしながら、一時間くらいかけてゆっくり歩いて帰った。ほんとうにおいしいものをいっぱい食べると、お酒もほとんどいらないし、屋台のフランクフルトやクレープにも、お腹がいっぱいだからではなく、目がいかないってことがよくわかった。

4月10日

箱根へ。なんともいえない宿に泊まり、なんともいえないごはんを食べ、あまりにもなんともいえなかったので、予定を変えて芦ノ湖へ向かう。海賊船に乗りまくり、風と光に当たりまくり、ピザを食べまくり、神社にお参りしまくり、やっとバランスがとれた。

船のデッキにいるときにしか味わえないあの広がっていく気持ち、たとえ芦ノ湖でもしっかり感じられる。富士山もばっちりと見えていた。

ところで、この世の七十パーセントくらいがその「なんともいえない」でできている。「憎めないけど親友にはなれないね」とか「イケメンだけど口元が不潔だね」とか「感じいいけど察しが悪いね」とか「いい人だけどお金にはだらしないね」とかそんな感じだ。なんともいえないは基本的に治らないのも大事なポイント。

そしてそれが店や宿や品物の場合、価格とは関係ないというのもポイント。帰りに行った老辺餃子館(ろうべんぎょうざ)の二号店は一号店よりも気合いが入りなおしていて安いのになんともいえないレベルではなかった。バランスこそが全て(すべ)だ。

4月11日

大島さんとたけしくんとたかちゃんが来るっていうんで、今週も谷中墓地へ。しかし花はない！　葉を眺めながら寒くなって来たから帰ろうか、でも盛り上がらないねということになり、甘いものの帝王陽子さんのパパ御用達(ごようたし)のショウゾウウイナムラヘダッシュ！　ラスト五分に大勢でかけこんだのに、優しいお店の人たち。そして、予約の人にバースディケーキを手渡ししているショウゾウさんは下町のおじさんみたいですてきだった。変な愛想を見せないけれど、ひいきにしてくれる人には礼をつくします、という職人さんらしい感じだったので、あの店の味がますます好きになった。

4月12日

チビがドラえもんを観るというので、いっしょに映画館に行く。退屈だなあと思っていたはずなのに、けっこうしっかり観て涙する私……。それにしてもあんな小さなメカで惑星のコアを破壊するのは、ちょっとむつかしいんじゃないかな〜と思う。葉桜を見に目黒川に行って遊んでいたら、なんと長谷川夫妻が偶然通りかかりばったり会えちゃって、すごくラッキー！

ラッキーは続き、そのあとヒロチンコさんと合流してさくっと入った飲み屋には土屋アンナさんが！　よほど「好きです、大ファンです、応援してます、よしもとばななです」と言いに行こうと思ったけれど、特に最後のところが恥ずかしかったし、プライベートでいらしているし、チビが最高にうるさくて迷惑かけまくったし、チビがオロナミンCを三本も飲んでトイレに行きまくり大騒ぎをしたし、チビが「おっぱいを飲むぞ〜」と言って私のセーターの両乳首の部分にトマトソースをべったりつけて変なシミがついた変な女になっていたので、ぐっとこらえて自粛した。アンナさんは生だといっそう美しくすばらしい声だったので、ますますファンになった。これを読んでいるアンナさんの知人友人は、私があのとき断腸の思いで店を出たことをぜひ伝えてほしいです。

4月13日

葉山に行くと、たまたま入ったお店の人が「よしもとさんですか?」と声をかけてくれた。聞いてみれば下北から毎日通っている人で「わざわざここではじめて会わない方がよかったんじゃ」とお互いに言いあう。

海でチビが思いきり走り回っているのを見るとほっとする。犬もたくさん。売るほど歩いている。

そういえば、このあいだ近所のおしゃれさんアキバさんにばったり会い、連れている犬に「お名前は?」と聞いたら、アキバさんが「アンドウさんです」と答えた。そういえばメールに書いてあって衝撃を受けたその名前。「アンドウさんなの?」と言ったら、アンドウさんは無心にしっぽを振っていた。別姓のふたりが暮らしているんだな……その家では。

4月14日

有名な六本木マンション個室ごま油鍋を新潮社のすてきな面々と食べに行く。これで検索したら一発で見つかるくらい有名なお店。一度行ってみたかったのだ。マンションの各部屋に入ってそれぞれが食べるという、まるっきり台湾か中国映画みたいなすっごい立地&おいしいけど一生分のごま油を食べた。来世までかもしれんよ。でも猫もいるしお店の人は優しいし、材料は肉も海鮮も野菜も鮮度がいいし、けちってないし、プライドが感じられ、すばらしいお店だった。

みんなで同じ味をいっぺんに食べ過ぎて「これは同窓会？　それとも父兄会？　それとも趣味のオフ会ですか？」みたいなわけのわからない親しい気持ちに！

4月15日

ここぺりに行ったら、背中の一枚板がべりっと割れた瞬間がわかり、感動した……。

小説の直しの詰めに入ると、いつもこの背中になっちゃうなあ。

そのあいだチビはヤマニシくんと大きな城を創ったり、昨日古浦くんからもらった手品の練習をしていた。手品になるとヤマニシくんの性格がはっきりと変わり自信にあふれるのがすばらしい。「手品師になったほうがいいですよ！」とヒロチンコさんに言われていたが、それって……。

菊地成孔さんと南博さんの「花と水」があまりにもよくて、かけっぱなし状態だ。夜中に聞いていると「生きててよかった～」とまで思う。

4月16日

琉球フォトセッション東京編へ。前は自分が出たのでたいへんだったが、今回は観に行くだけで気楽であった。東京で見るおじぃとまりちゃんも新鮮！　ジェームス天願さんの朗読もすばらしいし写真もすばらしかったが、新良さんと下地さんのライブがほんとうによかった。ふたりのゆるぎない技術に支えられた音楽の力と写真のぐっとくる力が相まって、かなり感動した。異常にうまい人が影響を受け合ってどんどんうまくなり、村の祭りで演奏してるうちにどんどん人々をひきつけて、彼らがやるとなると人が寄ってくるようになる……そんな感じ、これが音楽の基本だな～と思った。

4月17日

ルセットのパンは、やはりおいしい！　どうやったらこんなふうにできるんだろう！

かじりながら名古屋へ。森先生とすばるさんと中華を食べた。このふたりのかけあい(?)の面白さと言ったら、天下一品だ……。名古屋の夜景は高い建物があまりないから見晴らしがよくてとてもきれいだし、おふたりとも元気そうだし、チビは「森先生、勇車を作って」とか無謀なことを言ってるわりには、森先生の「まずは設計図を書いて、どういうものかわかるようにしないとね」という地道なアドヴァイスを一切聞いていない。大物だ……。

4月18日

「森先生の家はいいなあ」とチビが朝から三十回はつぶやいた。

そうだよね……ママもそう思うよ、あそこんちの子になりたかったよ～！

春におじゃまするのははじめてだったが、お花がたくさんあるし、のどかだし、やっと庭園鉄道のほんとうの楽しさがわかってきたし、模型の蒸気機関車のすばらしさもわかってきた。あんなのを見たらだれだって「そりゃあ、すてきだよね！」と思うけれど、だんだんなにがどう面白いのかもわかってきたし、なによりも作ってる途中のものを見ると、面白さの極地を感じる。あんなことできたら、そりゃあ絶対するよね！ っていうか、別のことでは私もしてるし、みんなそういうことするべきだと思うよね。

いっちゃんとチビも喜んで何回も乗せてもらっていた。おうちに入るたびにパスカルが怒ってわんわん吠える様子も変わらず。そして私には、線路の切り替えをコントロールすることも坂道で減速することもできない……！　ので、森機関士に運転してもらい、優雅に春の庭を楽しんだ。

今日もすばるさんがあまりにも面白いことを次々におっしゃるので、そのたびにヒロチンコさんとじっと目を合わせてうなずきあった。

4月19日

歌子さんの生徒さんたちのピアノコンサートに行く。子供たちはみんなほんとうに音楽を楽しんでいるし、歌子さんの演奏は変わらずすばらしいし、うちのチビは挫折したけれど、続けてる子たちのキラキラ笑顔を見てもただ幸せになるばかりだった。Ayuoさんもゲストで出ていたので、得した気持ち。歌子さんはほんとうに教えるのがうまいと思う。歓びを教えているから、本気の子がついていくんだと思うし、うちのチビみたいに音楽に対して本気でないと、歓びがわからないで自然に離れていく。それはそれでいいと思う。

バスと電車を乗り継いで、旅気分で実家へ。たかさまがフーレセラピーにいらしていたので、みなでおいしくポテトパイやたけのこご飯を食べる。たかさまが「お姉ちゃんは、むちうちだし尾てい骨を打っててけっこうたいへんだった」というので、なんで？と聞いたら、台車でゴミを捨てに行くとき自分も乗って「わ〜い！」と走っていて思いきり転んでむちゃくちゃ打ったらしい。アホですね〜。

4月20日

ゲリーとの対談、初日。

百合ちゃんともお仕事でいっしょになるのは初めて。でも、長年のつきあいがあるので下地はできており、対談というのはやはりこれだけ下地があってはじめてやるべきことだなあと思った。変な本だが面白いというものになると思う。私はしゃべり下手だし一般的な意味での面白いことや詳しいことは言えないが、ある種の共感の場を作って相手から話をひきだすことは慣れているのでできる。もちろん愛情があるのが前提だ。だからきっと他の組み合わせとは違うゲリーの姿を引き出せたと思うな。

4月21日

チビが「なんだか体につぶつぶができた〜」と言うので、よく見たら水疱瘡だった。予防接種していたのでとても軽いが、熱はあるし発疹が次々できてまだらだしかゆそうだし大変だ。

ゲリーとの対談二日目。徳間の人たちはみな生き生きと働いていてすばらしい。好きなことをやるってすごいことだなあ&石井さんの偉大さをまたも思い知った。すごい部署とかすごい本を次々出すのってたいてい個人の偉大な編集者の仕業である。今日はゲリーの個人的な話を中心に攻めてみた。

二年間も禁欲しないと女がものを考えてることがわからないなんて……男って！というような話を中心に、百合ちゃんとゆみさんとヨッシーとガールズトークをしながら肉を食べまくって乾杯して打ち上げをする。

ステーキを食べる大野百合子……萌え〜（笑）！

4月22日

島袋さんと野口さんと合コン。中島さんが幹事。

細くてかわいいけどなぜかマラリヤ歴のある深谷さんもやってきて、みんなでお寿司を食べて昔からの知り合いみたいにしゃべる。でも実は野口さんは私の大学と部活の後輩だったことが発覚！　会ったことがあるなんて！　不思議〜。島袋さんと野口さんは、私と全く同じ種類の人間なので、今までしゃべったことがないのが不思議なくらいだ。

でも、作品を見たら、なんとなく人間の種類はわかるものだ。島袋さんに関しては前にたくさん書いたけれど、彼の作品の本質は「自由」にまつわるものだ。

そして野口さんの写真はいつも好きで、つかず離れずだが、主要なものは見てきたと思う。

まず頭の中に絵があり、それが目の前に現れた瞬間を撮る、それ以外は関係ない、そういう潔さがある。彼女の見ている世界には必ず自然の作った線がある。だから広がりがあり、淋しさもあり、奇妙なユーモアもあるのだと思う。心がふっと天に向かって消えていく、自分がなくなるあの瞬間を、情緒に偏らず描いている。

そして奈良くんも含め、ドイツ方面留学組は「セックス関係中心に生きてない」から気が合うのだな……としみじみする。

中島さんは今日も最高にキュートで、彼の介護ならできる（？）と思いました。

4月23日

蝶々さんの「原色3人女」を読む。

小説として、かなり、優れている。友達だからじゃなくて。

キャラの書き分けもすばらしいし、流してないし、リアルだ。そしてなによりも大事なことは、ある種の人が読めば、心の中で鬱屈（うっくつ）しているなにかが解放され、ほんとうの自分自身について動き出す力を与えてくれる魔力があること。

この魔力がないものは、小説ではないと私は思っている。

しかもこれまで同じ生活をしてきて結局は悲惨（ひさん）に死んだ女性たちとは違い、彼女には育ちの良さからくる、生命に対する本質的なポジティブさがあり、そこが彼女の切り札だと感じる。

現代版田辺聖子！　しかしもっと冷徹&ドキュメンタリーフィルムのようだ。そして賢い。テーマもはっきりとしている。そして抜けがないので、現実的で、決して夢物語になっていない。なんといってもこの頭の良さといったら、いっしょに連載してるのがドキドキものだ。

彼女の実力はまだまだこれから出てくるだろう。

文体が小説ではないのが惜しいのだろうが、そんなことどうだっていい&俺だっていっぱい言われてきたしな。新しいものが時代を作るし、実力のあるものが開いていくのだ！

4月24日

沖縄フェアで、かよちゃんに会いにいき、ついまたアイフィンガーのサンダルを買ってしまった。

試し履きすると、足に吸いついてきて「もう離れません」と言ってくれるようなんだもん。ずるいぞ正一！ もう他のサンダルを履けないほどのフィット感だ。しかも一度嵐（あらし）で倒れてしまって奇跡的に復活したがじゅまるの皮や、大好きなフクギで染めてあるなんて、離れられないはずだ。

それからまた葉山に行って、おいしい寿司を食べたり、浜辺でキャッチボールをしたりする。寒いのに楽しいし、なんか気持ちがほっとするし、よく眠れるし、海ってすごい！

昨日フラに久しぶりにクムがいらして、あたたかい手や胸の感触に触れ、すばらしい声に触れ、久しぶりの厳しい指導に触れ、やっぱりフラっていいなあと単純に思った。こんな単純なことがいちばん大事だと思う。

4月26日

今日ワンラブにいたら、リトアニア人とロシア人の若く美しいカップルが入ってきて「中古自転車ありませんか?」と言うので、うちに来てもらい、置いてあった自転車をあげた。わらしべ長者?

しかもそのあいだ蓮沼さんと丹羽(にわ)さんが水疱瘡でうっぷんがたまり腐ってるうちの子供を見ていてくれた。大感謝&いい村人たちだな(笑)!

子供が産まれて乗れなくなったスポーツタイプの自転車、あの人たちと楽しい時間を作ってくれるといいなあと思う。

このあいだ桜沢エリカさんが教えてくれた「乳がんと牛乳」の本はあまりにもしっくりきすぎてぞうっとしてしまった。著者がそれを発見するくだりのひらめきは、あだこうだ言えないくらい真実っぽい。ちょっとしばらく抜いてどうなるか見てみようと思う、乳製品。

4月27日

今日も水疱瘡の子供と海岸へ。

百合ちゃんとも合流して、楽しく過ごし、百合ちゃんちに行って、お母さんと百合ちゃん作のおいしいごはんをいただいたり、しげぽんさんの作った薫製(くんせい)をいただいたり、ルッコラを抜いてきてもらったり、なつかしい陶器スピーカーの音を聴いたり、有意義な時間を過ごした。家族のアルバムを見せてもらって、ああ、こういう時代を確かに味わったなあと思う。微妙に年齢は違うんだけれど、あの空気を味わったなあって。家族のアルバムってなんで切ないんだろうと思う。お父さんの最後の写真を見て「切ないです」と言ったら、お母さんが「自然なことですからね、でも写真って不思議ね、こんなふうに残るんだものね」とおっしゃって、また胸がきゅんとした。

4月28日

昨日、トンネル脇(わき)のつぶれてうっそうとしたでっかい寿司やの脇のマンションに立ち寄ったのだが、不動産屋さんさえも「こりゃ〜、だめですね！」というくらい不吉なマンションであった。あとから百合ちゃんにその話をしたら「ああ、あそこ、稲川淳二が撮影してた!」と言っていたが、そのマイナスイメージのすごさにびっくりした! おすみつきだ!

りかちゃんとじゅんちゃんと急にごはんを食べに行く。りかちゃんの、チビをほめながら、ゆるしながらも、確実に言うことを聞かせ、しかも楽しい気持ちにさせてとりこにするというものすごい技を見せてもらい「男にもてるはずだ……」と納得。

夜は「女ですもの」の打ち上げ。女ですもの、という感じの話題満載で、実り多い会だった。春菊さんってあんなに美しくて、着物が似合って、一般的にも「すてきな人ですね〜」という感じなのだが、その上マンガも小説もかけるのだから、スーパーだなあと思う。

4月30日

ぎっくり腰がピークなので、這うようにしてロルフィングを受ける。

帰りにヒロチンコさんとわけあって一杯のラーメンを食べていたら、ヒロチンコさんが動けない私にうっかりコップの水をじゃあっと倒した。冗談で「おらおら、どうしてくれるんだ、なんてひどい夫でしょう、DVです」などと言っていたら、お店の人が本気で動揺して乾いたふきんなど持ってきてくれた。なので「ラーメンは一杯のかけそばだし、こぼすし、けんかしてるし、最悪の客ですね！」とフォローのために笑顔で言ってみたけど、ますます動揺させただけだった。

5月1日

このメキシコだけでインフルエンザがもうぜんとはやっているご時世に、あえてメキシコ料理を食べに、りさと待ち合わせ。

おいしかった～！

しかし直立不動でしかも公園でも変な動きをする私、せっかくのお天気のいい休日が台なしだ。熱も出たので、もしかしてこれは帯状疱疹？　水疱瘡のチビにうつされた？　と思うが、水疱が出てくるまではなんとも言えない。痛がりながら寝込む。

ナショナル麻布ででっかいあさりとでっかい白アスパラとでっかいマッシュルームを買って、ただ煮込んだだけというごはんにしたが、おいしかった。

寝込みながら森先生の「ZOKURANGER」を読む。次はこのタイトルしかないよ！　と私も言ったけど、みんなもそう思ったよね。

ところどころ大爆笑してしまい、腰が痛くて死にそうになった。

5月2日

まだ水疱はやってこないし、熱は少しだけ下がった。よくわからないが、寝ても寝ても眠れるので、小説のことで気がはって疲れていたのだろうとは思う。事務所のヨッシーちゃんが読んで喜んでくれたので、やっと気が抜けた。

仕事が終わったら夏服を買うのが夢だったので、直立不動でタクシーに乗り、ワンピースと布バッグを買った。やっとなにかが終わった気がした。

いやあ、中年ってほんとうにすばらしい。男に変な目で見られないし、男の幻想に応（こた）えなくていいし、健康さえ大丈夫ならいくら腹が出てもいいし、あんまりいっぱい食べられないから好きなものだけ少し食べることができるし、フリーな感じの服装ができるし、もう楽しくてしかたなくなってきた。女離れした感じの日々をやりほうだいやって離婚されたとしても、もし次に来る人はきっとパートナーが欲しいのであってセックス中心恋愛中心ではなさそうだから、もうなにも悩まなくていい……。こんなすてきなことが待ってるのを、思春期の私に教えてあげたい。

忌野清志郎さんが亡（な）くなられた……ありがとう、あなたの偉大な才能がなかったら、私の人生はとてもとても味気ないものになっていたでしょう。ただひたすらに、ありがとう、そして安らかに。ほんとうに大好きでした。お会いしたことはないけれど、訃報には大泣きしました。そして、ずっと仲間だと思っていました。私の人生で原さんの次にいっぱいライブを見ているのが清志郎さんです。最後は、臨月で行ったどんと祭りのステージでした。でかい腹で行ってよかった。

ほんとうにつらかった時期「気の合う友達って　たくさんいるのさ　今は気付かないだけ　街ですれちがっただけで　わかるようになるよ」と歌っている「わかってもらえるさ」を何度聴いただろう。権力に負けるたびに「つ・き・あ・い・た・い」を聴いた。飼っていた雄のハスキー犬が死んだときにはひとりずっと「ラッキー・ボーイ」を聴いた。

彼の歌うことは全てほんとうだった。偉大な才能は人生をかけぬけて逝ってしまった。あとは残された私たちが志をついで真摯な仕事をすることだ。

5月3日

腰痛い……。

まだ口唇ヘルペスが出ているだけで、予断をゆるさない状態である。

でもがんばって実家へ行く。あいかわらずポジティブな孝くんがスペインから来日しているからである。あまりのポジティブさにみんなあきれるのだが、実力のあるポジティブなので、納得するという不思議な人だ。

彼は人の話を聞くのが苦にならないので、これまでに何人ものものすごい鬱の人などを治しちゃっている。人は幸せになりたいし、愛されたい生き物なのだなあ……。どんなネガティブなものを受けても、体の中に変換装置がついていてどんどんエネルギーがわいてくるそうだ。すごい！

そういう話をいっぱいして孝くんが帰ってしまったら、うちの父さんが「いや〜、まほちゃんにはいろんな友達がいるね〜」と言って、ヒロチンが大爆笑。

それから石森さんが「おかあちゃんは、運動部のとき、やっぱりブルマの中にスカートをぎゅぎゅぎゅとつめていたの？」と聞いて、老いた我が母に「そんなこと聞いた人いないわよ！」と大ボリュームで言われていた。

5月4日

きっとこれは帯状疱疹（ほうしん）に違いない、と思い、あわててあいている戸倉眼科へ行く。すばらしい先生だ。今回命を救ってもらった。英断でとにかく五日分の薬を出してくれたのだが、それがなかったら、死んでたかも。ゴールデンウィークにあいてるってことをすごい。

夜、もうぜんと発疹が出始め、姉が「あんた水疱瘡はやってないわ」と言い出し、これは大人の水疱瘡だとわかる。しかしどの病院も絶対受け入れてくれない。やむなく日赤にかけこみ、薬を確認してもらう、ちゃんと診てくれた。この薬でいいとのことだった。

5月6日

一日中三十九度。解熱剤を飲むと一瞬下がる熱。この中で読む「三国志」臨場感爆発！

でもたいていは読めずに寝込んでいる。顔がボコボコで面白いくらいだ。

家の中で急にバタンと倒れたので、救急車を呼んで、点滴でもしてもらおうと思ったら、日赤は「もうできることないからじっと辛抱しろ」と拒否。まあそりゃそうなんだけど。これはまだ、説明があっただけまし。

そして近所の有名な恐ろしい外科病院に運ばれた。入院しろというが、まずいきなりくそババーに「あなたこのくらいで救急車呼ばないでね！」と怒鳴られ、「子供じゃないんだから自分で熱はかって三十八度以上あったら座薬を入れなさい！」と怒られ、そいつの下手な点滴でおおアザができたので、むかついてきて、絶対帰る！と言い張って帰った。だって（多分換えるのが面倒だからっていっぺんに）二リットルの点滴を下げながらトイレに行けっていうんだけど、トイレが狭すぎて入らねえんだよ！　点滴のスタンドが！　しかたなく戸をあけてしました。廊下はものすごくタバコくさいし、ババーもタバコくさいし、喫煙所の隣にすっごい咳の人が入院してるし、長屋みたいな衛生状態だし、冷蔵庫には「他の人の食べ物を盗まないで！　通報します」と書いてあるし、ベッドには得体の知れない血や膿がついたままだし、死ぬと思って。「帰るので、ごはんはけっこうです」と言ってるのに、「ごはんですか！　おかゆですか！」しか言わない。それはまだいいとしても、ナースコールをしたら、がちゃっと切るんだよ！

くそババ～、医療にたずさわるんじゃねえ！

他にもほんとうに顔が真っ赤で熱が高そうな青年に、大雨のなかお金をおろしに行かせていた。「そこ出て十分も歩けばセブンイレブンがあるから！」って。後日にしてやれよ！

……ああ、すっきりした。ゆるしのない、非スピリチュアルな私です。

でも院長先生は、休日でもとにかくケガは見てくれる、町の正しい外科医というか、野戦病院の先生というか、お医者さん的な切れがあったので、もし深夜に手や指や首がもげたら、行ってもいいかもしれない。その時間帯にあのババーがいなければ。ガンの人だってたいてい手術後四日で帰宅だし、お産もそうだし、今の世の中、大けがか危篤(きとく)でないと病院には入れてくれない。家で倒れたり、なんだかわからないけれど熱が下がらなかったり、ちょっと胸が苦しいとか、頭が割れるように痛いです、という場合は病気ですらないとされて断られる。受け入れてくれるのはくそババーのイライラの矛先を患者に向けられるような病院だけだ。

じゃあいったいだれが病院にいるんだろう？　コネのある人？　死にかけた人？　大けがの人？　急な人？　じゃあその人たちは、いちおうモノではなく人扱い？　さっぱりわからん。

医療関係のだれに聞いても、忙しいから、こちらはこちらで精一杯だと言う。それはそうだろう。でも「水疱瘡とか高熱程度なら薬飲んで自分で寝てろ」というのは、おかしいと思う。患者が甘えてるの？　かといって死にそうな人がいる場所でも、いい雰囲気を見たことは神経科以外ではたまにしかない。みんなイライラしていて、話しかけにくいほどだ。いい雰囲気は、一般の人にはわからないところに秘められてるのか？　長く入院すると仲良くなっていい感じになるのか？　謎だ。

一目でわかると言っても、薬のあるなしを問わず、断られた病院五軒。水疱瘡のちゃんとした検査さえ受けていないよ、私。

日本では病気になったら、もう半分はモノである、その程度の病気で診てもらえただけよかったね、薬だけ出したらもうやることはないと、ぐあいの悪さはたいてい甘えだから気遣いはいらないと、そういうことだ。大きな薬局がいっぱいあるだけと言ってても過言ではないし、死にそうになってやっと病院に入れてもらえてももう遅いことが多い。

なにもしてないからと言ってストーカーを取り締まってくれないけど、なにかあったときにはもう遅い、そんな警察と全くいっしょだ。

いやな国だな〜、なんとかしなくちゃ。

5月8日

行きつけの内科がやっとあいて、しっかりした解熱剤を出してもらって、やっと意識不明になるのが治った。家の中でいつのまにか倒れているので、ほんとに困った。

ヒーリングをしてくださった……ジュディスさん、ウィリアム、ゆりちゃん、ちほちゃん、飴屋夫妻……それから姉、ふたりいる私の大事なヨッシーたち、お祈りしてくれた人たち、ほんとうにありがとう。ヒロチンコさんも、バイトに入ってくれたヤマニシくんやいっちゃんやエマちゃんも、ありがとう。この人たちがいてくれたら、医者、いらないのかもしんまい。

5月9日

ぎっくり腰かと思ってたけど、あれは水疱瘡が神経でうずうずしていたんだな、デビューを待って。

今日もいっちゃんと森田さんのフォローでなんとか家のことをできた。

本気で青山葬儀所に行きたかったけれど、水疱瘡をばらまいても……と思い、そしてまだ立っていられないので、自粛して、ふとフロルへ行った。

たまたま田神さんが担当してくれて、フロルの二階でのリフレは最後の二日間だったことを知った。一階でリニューアルするそうだ。

建物が呼んでくれたのかな。最後に挨拶できて、とても嬉しかった。足に血行が戻ってきたし、ズバリ「肝臓と腎臓が疲れてる」と言われたが、とても病み上がりとは思えない老廃物の少なさだ！　と言われて、元気が出た。顔がものすごいけど。まるで面白い模様の人みたい。

5月10日

まだ起き上がれない。気づくと眠っている。からだが猛然と治している感じ。
夜は、ウィリアムとヨッシーとタイ料理屋さんへ。ウィリアムが「こんな生きている食べ物は久しぶりに食べた、これまで食べたタイ料理の中でいちばんおいしい、エネルギーがこもっている！」とたいそう喜んでくれて、ほんとうによかった。そしてヨッシーは「もうお腹いっぱいです！　けっこうです！」と言うのだが、むりやり取り分けると「おいし〜！　こんなの食べたことな〜い！」と毎回復活してすごく感動してくれるので、招待したかいがありました。
夜はお父さんと長電話。講演を聴いてるようで得した感満載。そして、長生きしてほしいと思う。病気になるたび、親が生きているありがたみをしみじみ思う。おいしい水を飲むみたいに、味わっておく。

5月11日

全てのぶつぶつがかさぶたになったので久々にシャバへ。と言っても、面談とか、そういう用事。

チビが幼稚園のクラスに入っていくと、みんなが口々にチビの名前を呼ぶ。チビが嬉しそうに走っていく。これを見ただけで、早起きも、熱があるときのお弁当作りも、徹夜明けのけんかも、吹き飛んでしまう。どんな苦労も報われる。

りえちゃんにあのすごい外科の話をしたら、りえちゃんは昔、指を切ってあの外科に走っていったという話をしてくれた。「この銅鑼(どら)を鳴らしてください」と書いてあったので、思いきり何回も血を流しながら銅鑼を鳴らしたが、だれも出てこなかったので、あきらめて帰って輪ゴムで傷口をしばって止血したそうだ。なんじゃそりゃ。なんで銅鑼やの？　でも帰って正解！

銅鑼を鳴らすりえちゃん、萌(も)え〜！

5月13日

パパをお迎えがてら外でうろうろしていたら、飴屋家のみなさんがやってきた。みんなでラーメンを食べて、チビ同士がかけまわって遊ぶのを見る。飴屋家の三人はみんな人として曲がってない顔をしてるので、見るだけで、ほんと、ほっとする。コドモちゃんもすっかり大きくなってものすごくよく動く。眠いのにまだ遊びたいからやけくそになってママをがぶりと噛んでいた。わかるわ〜!

英会話でマギさんとバーニーさんに会っても、いい顔なので、いいなと思った。

普通の顔の人が意外に少ない。みんな眉間がもわっとしたり、いらいらっとしている。こわい……!

5月14日

まだ、立って歩いていられない。すぐしゃがんでしまう。弱ってる!

でもヤマニシくんとランチをしてカブのお見舞いへ行く。道の向こう側から考えられないくらいの細い美人がわたってくると思ったら、まみちゃんであった。フラをやってる人はきれいだな〜、と思った。お花みたいにぱっとしているのだ。

代々木八幡の竪穴式住居を見て「今の私たちよりも、暮らしやすいんじゃ」と思い、が〜んとショックを受ける。高台で、煮炊きして、雨風がしのげて。

5月15日

極楽寺で、夢みたいなおうちを見る。

理想の家だった……でも丸ごと引っ越しはできないので、泣く泣くあきらめる。

もうひとつの人生を夢見たわ～！　ほんとうにすてきであった。出窓もデッキもキッチンもいつか見た夢みたいだった。夜は天窓から月が見えるそうだ。ううう。

夢見たあと、ゆりちゃんのおうちに行って、おいしいマグロホタテ丼をいただいた。全く同じタイプの家の人たちなので、これまで歴史を共有していないのが信じられないと思う。ゆりちゃんのママに「病み上がりなんだから、座ってなさい！」と言われて、すごく幸せだった。いくつになってもママはママ。一生変わらない。

5月16日

タイフェスティバルに行くも、混みすぎていて人しか見えなかった。なにか買うにもむちゃくちゃ並ぶし、なにがなんだかわからん。

夕方カズさんとヨッシーとウィリアムといつものおいしいタイ料理屋さんに行ったが、むしろそのほうがよほどタイだった。

ウィリアムが「ばあちゃんはすごくスピリチュアルな人だったが、イモのウォッカを作って朝からずっと飲んでいたし、肉もがんがん食べた。右脳と左脳両方を使う人は、生きにくいので、酒やドラッグや肉や、そういうものがどうしても必要なのだ。しかし中毒することはないのだ。おばあちゃんは自分が死ぬ日がわかっていて、みんなを呼んでさよならディナーをして、みんなでモンゴルの服を着て、楽しくごはんを食べて、おばあちゃんはさようなら、とベッドに入り、朝死んでいた、完璧だった」と言っていた。そういう生き方、そして死に方がしたいなあと思った。

5月17日

踏まれたい会、ギャル部門（三十代以降）開催。

みんなへろへろだけれど、なんとかがんばっていますという感じだった。たかさまのすばらしさを賞賛してみなうさを晴らす（?）。よいうさの晴らし方だ。

たかさまの頼もしさに関連して思うのだけれど、このあいだ弱っていたとき、ホメオパスのせはたさんが真剣にレメディを選んでメールしてくれた。あまりにも熱がありすぎてほとんど効果がわからなかったが、レメディをとるたびに、なによりもせはたさんのメールの頼もしさがぐっと胸によみがえってきて、活気がわくのがわかった。

こういうことこそが、人を治療するということのいちばんの肝ではないだろうか？

たかさまに「敏感だからこそ、細かい心のひだも書けるんだもんね」と言われたので、「心のひだなんてどうでもいいっすよ！　健康がほしいっス」と答えた。

ごはんを食べようと店に行ったら、店の人に「予約でいっぱいだから」ではなく

「今から三十人のすごくうるさい人が来るから」と言われ、入るのをやめた。新しい断り方だな〜、と思ったら、あとでたかさまが通りかかったとき、店の外の道まで男ばかりのものすごいうるさい咆哮が聞こえてきたそうだ。ほんとだったのね！

5月18日

那須へ。まだ全然回復してなくて、車には酔う、すぐブラックアウトして寝てしまうなどなどよれよれで温泉についた。チビと入っていたら、立ちくらみで何回もおぼれそうになる。しかしチビは「こうしてママとふたりでお風呂に入るのがいつも夢だったんだよ」とか言って嬉しそう。そのわりには窓の外の露天風呂にパパが入ってるのを見つけると「もうママとは入ったし、パパと入りたい、連れてって」とか言う。君、自由だな〜！

しかたないから、男湯にどんどん入っていって、連れて行った。

ヒロチンコパパに、微妙な交通事故の話をいっぱい聞く。シートベルトをしてないとポリ公が追いかけてきてつかまった、汚いやり方だ、という話や、追突してきたのに目撃した妻は寝たふりをし、運転してた男は一万円札をちらつかせた、そんなくだらない奴らを大田原まで追いかけていって説教した話など、最高だった。

5月19日

アルパカ牧場に行くも、ダチョウに威嚇(いかく)され、アルパカにはつばをぺっぺっと吐きかけられる。なぜだ、こんなに動物好きなのに！

奈良くんの家に寄り、みんなでごはんを食べに行く。前からよく行くお店にかなり似ているが違う店。イタリアンで、ものすごくおいしかった。

チビ「チビちゃんは似てるなんて思ったって言ってないよ、でもさ、きっとこっちのお店のほうがあとからできたんじゃない？　あのお店をみてからつくったのかもよ」

そんなこと大声で言うのはやめて‼

親を含めみんなが「チンチンやケツを触るのはやめろ！」と怒る昨今、奈良くんたちがあまりにも「もっとやって〜」と喜んだりやりかえしてくるので、チビがものすごく動揺していたが、嬉しそうだった。よかったね。

ラスコーの時代から、余白があれば理屈抜きで絵を描くのが画家、その時代からずっと飲めば脱ぐのが男子、法律のことはわからない。善し悪し(よしあし)も個人的にはコメントできない。

でもシートベルトをしてないとか、路駐とか、落書きとか、道路で演奏とか、なんかそういうことよりももっとずっと問題のあることがこの世にはいっぱいあふれてないか？

と思う。

みんながまじめで息苦しくてはみだしてなくて鬱積して身内を殺すようなのがいいのか？

自由に生きてる人は目障りだからねたまれて吸い取られて早く殺されちゃうのがほんとにいいのか？

子供たちは道を安心して歩けず、みんな見て見ぬふりで、病気になったら病院はろくに相手にしてくれないのが気にならないのか？

心の中は自由だからこそ、ネットの匿名書き込みとか幼児ポルノとか若いおじょうさんたちの売春はありなのか？

年取ったり体が不自由だったら、早く消えたほうがいいのか？

それで１００円ショップやアウトレットに行ってなんか買ったり、安くておいしいもの食べてる瞬間がいちばん楽しいのか？

マジで⁉

私ははじっこで生きていたいし、変人なのはわかってるから、社会のことは全然わからない。でも私は、そんなのはいやだから、自分たちのまわりだけでも、派手にではなく地味に愛する人たちとあたたかく暮らして生きて死んでいこうと思う。もし私や家族が変な死に方したりたとえ殺されちゃっても、この気持ちは永遠にだれにもいじらせない。

5月20日

菊地さんのダブ・セクステットのライブに久々にキネマ倶楽部(くらぶ)へ。なにが気になるってこのライブハウスは、各階の壁に人工ツタが飾ってあるのがすごいといつも思う。あと、となりのダンスホールが中年たちで混んでるのもすごい。

前半はデヴィッド・リンチの世界、後半は爆発する菊地節、いいライブだった〜。この先ゆきわからぬ時代にばっちり合っている！

私は厳密には菊地さん個人のラブラブファンではないのだと思うが、彼の音楽や文章でないと思い出せないある感覚というのがあって、喉(のど)乾いて水を飲みたいみたいにそれを求めるときがある。そして彼はハズレなくいつでも絶対にそれを表している。

宇多田ヒカルちゃんについて。会ったことないし年が違うし顔も違うし運動神経ないし歌も歌えないけど（笑）、この世の中で、私の苦しみがたったひとりわかる人がいたら、あの人だと私は思う。そしていつかチビもそう思うだろう、という予感がする。「点」を読んでますますそう思った。ある程度の人数が彼女の世界に自分を重ねていると思うが、そういう、創作の問題ではなく、このタイプの感性を持ち、家族にも恵まれているように見え、友達も多く、贅沢に見える人生なのに、現実界で同じくらい絶望したことがあるしかも女性というとあの人だろうと思う。いつまでも自分が自分にフィットせず、同じ逃げ方をし、同じごまかし方をし、それが自分にとって誠実だったとしても、同じようにずるいと責められただろうと思う。同じくらいひどい目にあい、なにくそと乗り越えたが、もう空しさからは逃げられない。一生分の苦悩と空しさを知り、死ぬことさえゆるされなかった仲間だ。私たちはなんのためにこの人生になったのか、いつかお互いが同じ、静かな答えにたどりつくといいと思う。

もしかしてこの気持ち、うちの親がビートたけしだけには自分のつらい気持ちがわかると思う、と言ってるのと同じか⁉

5月21日

賀子さんのお通夜に行く。

二回くらいしか会ってないけど、いつもいつも心の中で応援していた人だった。ご家族もお友達もみんな泣いていていてとても悲しかった。チビが「天国にいるところを描いてあげる」と絵を描いてくれた。私の気持ちも少し明るくなった。

渡辺くんと帰りに行った野田岩下北店は接客がありえないくらいアップしていて、もともと味はおいしいので、最強の野田岩になっていた……！　そのあと曽我部くんの店に行ったら、フォイルからかっこいい小説を出した桜井さんがいたので、酔った私は本人から本をうばいとって「そうそう、中でもこの小説が好きだった」と作家がいちばんされたくないことをやって、サインしてもらった。いちばん好きだったのは、サンドラさんにだまされる話。だまされてもなんか夢が残ってるっていう。

他にもかわいいお客さんがいて私にサインを求めてきたのに、チビがサインの下にママの似顔絵を描いていた。レアなのか、ゴミくずになったのか、そこが問題だ。

5月22日

少し、長く立っていられるようになってきた。メニエル病の人の苦しみがよくわかった。だって面白いくらいまっすぐ立っていられないんだもの。ちょっと気を抜いたり、あれ？　と思うともうくらくらして座っていたり。

とはいっても、あまり歩かずに車に乗りっぱなしで葉山鎌倉へ。すばらしい三留商店でものすごくたくさんの食品を買ってしまった。あんなお店が近所にあったら、人生はもうおしまいだ！　百貫デブか貧乏になるしかない……そのくらいすばらしい品揃えだ！

5月23日

陽子さんお誕生日おめでとう！　のメールを出して、すがすがしい気持ち。

ワンラブに行って、蓮沼さんとどうしたら人生よくなるかという話をまたしみじみとして、内装を頼んだりして、そのあと関連で（？）実家近くのフリュウギャラリーでやっている成田ヒロシさんの展覧会へ行く。ついまた彼のタンスを買ってしまった。なんで彼のタンスはこんなに私のツボに入るのだろう……もうタンスはいらないという狭い家の中なのに！　どうして深澤さんとかトネリコとかgrafもそれなりに身近なのに、成田さんなの⁉　それが私の人生なのね！　いい意味で！

幼少時から親しんでいる千駄木一丁目の肉屋さんの最高においしい揚げたてコロッケを食べながら、実家へ。たかさまと石森さんとおおしまさんがいらしたので、みんなでわいわいとごはんを食べる。父も母も笑顔が多くてよかった。

チビが「かわいい声で話してくれたらなんでもいうことを聞く」というので、かわいく優しくとってつけたように高い声で甘く接したら、ほんとうにいい子になった。しかも「ごめんね、ママちょっといつもこわすぎたのかしら？」と言ったら、「ううん、チビもいつもいたずらをしすぎてるし」などと言っている。

「現実は自分が作るのです」「あなたが宇宙に発信しているものが、あなたに返ってくるのです」とか言いたくなるくらい露骨な……でも、それは、つまり、男子。男子って……。

今頃わかってももう遅いけどね～。

そしてあまりにかわいい声で優しくしゃべっていたら、自己啓発セミナーに出たあとの気分になった、なんとなく。

5月24日

タムくんに似顔絵を描いてもらいにAtoZへ。信じられないくらい似てるのを描いてくれた。ヴィーちゃんや梅佳代ちゃんやそのすてきなお友達たちと、ゲームをしたり浅草のおいしい食べ物屋の話をしたり、マンガを描いたり、のびのびと長く時間を過ごした。

一瞬私が若いアート系イケメンたちとソファでまったり座っている時間があり、タムくんが見にきて「どうしたの！　イケメンに囲まれて！　クイーンのようだね。ひゃひゃひゃ」と言っていた……。くやしかったので、タムくんのおっぱいをもんでやった。

何人かファンの人にも会った。古くからの方もいらした。

私自身は、その人たちとあまり会えないし、会っても現実的には初対面だったりするけれど、あなたたちが失恋したり、おいしいものを食べたり、友達ができたり、病気だったり、とにかくこれまでの人生のいろんなところで、私のかけらは、ずっとあなたたちといっしょにいたよ、責任もっていっしょにいたんだよ、といつも思う。この仕事をしてきてほんとうによかった。だれかのつらかったりしあわせだった夜に寄り添えるなんて。

5月25日
萩尾望都先生と対談。
萩尾先生のおうちにおじゃまして、猫をなでたり、生原稿をコピーしたものを先生の解説付きで読ませていただいたり、なにげに置いてあるペン先などを見てしまったり、鼻血を出して倒れそうだったが、お仕事だしとぐっとこらえる。

でもいっしょにお食事をしてマンガ界の裏話を聞いたり、あまりの肉の多さに私が残していたら「私が二切れくらい食べましょう」とおっしゃって私の皿から肉を取ってくださったときには、さすがに「お〜い!! 小学生の私、『ポーの一族』のセリフを丸暗記している私よ！ 見てるか！」とタイムマシンに乗りそうにくらくらした。

萩尾先生の、さりげなくしていても、ただそこにいるだけで高貴な雰囲気そして異様なオーラ、やはり神である。

神は生きて普通に猫たちとたわむれて、今日もマンガを描いている……。

がんばるぞ〜（興奮して意味不明）！

私は藤子、大島派（自分で勝手に分類）タイプの創作をしている作家だが、だからといって手塚先生と萩尾先生の影響を受けていないかといったら、ものすごく受けているに決まっている。その方たちの作品はほとんど全部読んでいるし、それが幼少期から思春期だったことでしみこみすぎて自分の考え方の一部になっている。そういう人は多いと思う。偉大なマンガを描いた人たちは、日本人のある世代の思想的な親になっているのだと思う。なんて幸せな時代を生きたのだろう、私たちは。

後年ヨーロッパに行くようになってからますます萩尾先生の作品がわかってきたと思う。そしていちばんすごいことは、今も進化し続けていることだ。

マネージャーの城さんのマンガ界裏話が面白すぎて、大爆笑する。描いている人はやはりマンガに似ているのね。城さんも城さんの描いていたマンガによく似ています。帰りに梶原一騎さんも担当していた武者さんと涼しい顔でパンチの聞いた意見そして人生の話をつぎつぎくりだす細井さんから、またもマンガ界裏話を聞いて、楽しく帰った。ものすごく面白い話がてんこもりで、ほんとうに、マンガっていいなあと思った(?)。

5月26日

見城さんと石原さまといっしょにクリニック取材。

自分の立場の豪華さに冷や汗が出た。

日本の医療はむつかしい……ほんとうにむつかしいと思う。考えても答えがでないが、結局アメリカ型の「金次第」という形式になっていってしまうんだろうなと思う。

それでも必ずいいお医者さんは各地にいるものだ。希望はあると思う。

お礼に石原さまにお寿司(すし)をおごり、短時間にがんがん飲んで食べて笑って帰宅する。

親身に心配してもらえることが、いちばんありがたかった。みな健康でいつまでも笑いあえるといいと真に願う。

5月27日

なんで二ヶ月前に歯医者さんに行ったのに、チビよ、君には五本も虫歯があるの！と思いつつ、みっちり治療してもらう。案外しっかり耐えていて驚いた。こんなに歯医者さんに慣れるとは思わなかった。虫歯が多いからだ！

夜はいつもの居酒屋さんで、毎日新聞の方たちと楽しい打ち合わせ。あふれる知性、男らしさ、そしていい飲みっぷり食べっぷりで毎日新聞と同じくらい気持ちがよい人たちであった。石原さまもデナリさんもいらして、安心安泰の著者。きっといい連載になると思う。

うまく書けたかどうかは別として、ある時期、私は主人公の女の子といっしょに下北沢をずっと取材して歩いていた。いつもいっしょに歩いていたのだ。

5月28日

せはたさんとお昼を食べながら、深い深い話をする。遠慮していてもしかたないので、いろいろなことをがんがん質問する。

そのあとまた深い深いセッション。だんだんなにをすればいいのかわかってきたので、かなり面白い。どれだけ話を作らずに正直でいられるかが、ホメオパシーのセッションのいちばん大事なところだが、ある程度以上深くなると、勝手に口がしゃべる。これはトラウマの問題なんだな、と思わずにいられない。ホメオパシーの見つめている根本がどれだけ深いかよくわかる。それが「出産時のショック」などのできごとだけにしばられているのではなく、身体と心全体の持つその人だけの根本だというのが、面白い。勘だけでてきとうに選ぶわけではないのも、興味深い。

しかし！　せはたさんからいただいた京都の銘菓、四十八手のおかきをありがたく持ち帰り、めざとく見つけたチビがばりばり食べ、中からものすごい体位と川柳が描いてあるカードが次々出てきていっちゃんとふたり動揺、実人生はもっとむちゃくちゃ。

5月29日

クムのライブ。SandiiBunbun 名義では初めてだけれど、このバンドがどんどんこなれてよくなっていっているのがわかって、楽しい気持ち。クムはハワイアンとタヒチアン以外を歌うとき、ただ純粋に楽しそうで、観ているほうも幸せになる。ハワイアンとタヒチアンを歌うときはつらそうというわけではなくって、歌いながらもダンサーたちを優先しちゃうから、という意味で。「花ビラ」というCDも聴けば聴くほどよくって、たとえばヒーリングサロンみたいなところで流したら、効果が倍増するようないいヴァイブレーションに満ちていると思う。音楽の力って、そういうことじゃないかなあ。

クリ先生が久々にソロで踊っていて、狭いのにたっぷりしているしさすがに美しかった。その様子を超かっこいいクリ先生のパパが激写していておかしかった！　あんなでかく美しく才能のあるおじょうさんがいたら、嬉しいだろうなあ。そしてあんなにかっこいいパパがいたら、すてきだなあ。みんな意味なくクリ先生のパパと握手したりいっしょに写真を撮ったりして、コマ劇場のようであった！

5月31日

チビが熱を出したが、陽子さんに託し、抜き差しならぬ用事があり、ひとり葉山へ。

電車の中でずっと「1Q84」を読んでいて、幸せだった。

帰りに恵比寿で降りて、てきとうにヒロチンコさんに電話したら、ちょうど仕事が終わりでいっしょに帰ったのも不思議な感じで、読んでいる間中、自分は200Q年にいると思った。それは幸せな時間だった。春樹先生だけがくれる幸せだ。

とにかくすみずみまで私好みの作品で、この人たちとだったら暮らせるんだけどな～と思った。こんな変な人たちと？　とは思わず、私には楽な人たちだった。もしかして、部屋が汚いことをのぞけば、春樹先生もそうなんでは。私の世界、暮らしやすいんでは。

著者は「これまでみたいに真っ向から解決してはいかん気がする」と思って、最後の一山を意図的に書かなかったのか、あるいは書かないオチをやってみたかったのか。

個人的には続きを切に望む。

6月2日

アムステルダム経由でマドリッドへ。

おすもうさんがいっぱい乗っていて、どきどきの飛行機だった。頼むからいっせいにしこをふんだり、片方の窓に寄っておお～とか言うような景色が出現しないで、と思った。そのくらい重さがリアルに伝わってきた。それに前をみると席の全員がまげの後ろ姿で、いつの時代だろう、とシュールだった。琴がつく部屋の人が多分全員いた。琴欧洲はかっこよかった！

「こんなに色めきたっているまほちんさんをはじめて見た、筋肉とデブが好きなまほちんさんには理想的な世界だね」とヒロチンコさんがいやみに言った。

マドリッドで一泊。としちゃんとクリスティーナさんと神崎さんが迎えに来てくれて、知らない町なのに、突然家族的な幸せを感じる。ジョルジョとたくじにも再会。

ヒルトンホテルが近代的すぎてスイッチがわからなかったり、シンクがおしゃれにも透明でどこまで水を流していいのかわからなかったりして、田舎もの気分炸裂(さくれつ)！

6月3日

案外長い移動時間で、ランサロテへ。

乾いていて、すがすがしい島。ホテルのプールはセサール・マンリケのデザイン。でも、長年の月日がセンスの悪いてきとうなものをたくさん加えて、見るかげもない。こういう自然な退廃をいいなと思う場合もあるが、今回は、哀しい感じだった。

プールに行くも、風が冷たくってチビの唇が紫色になる。見ると自分やヒロチンコさんもほんとうに唇のふちが紫になっている。

「こういう紫の唇を久しぶりに見ました」といっちゃんに感動された。

6月4日

不思議な緑の沼と海を見に、南へ走る。

驚くほどワイメアに似た景色、多分火山の島だからだろう。

ゴミ箱のデザインがあまりにもかわいいので驚いたが、多分マンリケがデザインしているのだろうと思う。どこにあってもはっとするデザイン、すごいセンスだ。

それから静かな浜辺に行って、寒いけどちょっとだけ泳いだ。風が強すぎてすっかり体が冷えた。あまりにもきれいだったけれど、寒すぎた。海からあがったあとにいちばん大事なのは太陽に乾かしてもらうことなのね、とつくづく知る。冷たい風が吹いていたらだめなのね。

としちゃんがオープンカーに乗せてくれて、嬉しかった。

南の島をオープンカーで走るなんて、なんてすてきなこと。

でもチビが「寒い、もうしめて」と言ったので、閉めた。確かに寒いその現実にがっくり！

6月5日

マンリケ取材の一日。

それがもう、ほんとうにすばらしかった。彼の自宅と、彼が創った地下庭園を見たのだが、すみからすみまで考え抜かれ、ランサロテ特有の自然と彼のすばらしい才能がからまりあって、すばらしい世界を創りだしていた。トイレまで美しいし、トイレの扉の取っ手まで完璧。幾何学模様なのに有機的な動きをする巨大なモビールも巨大偽サボテンも、すばらしすぎる。

地下というもののおどろおどろしさ、よどみのたまりやすさを、天窓や光やサボテンたちを駆使して芸術にまで高めた彼のセンスに感服した。

ふるさとであるこの島に、彼は才能の全てを美しく捧げていた。

ニースでマチスの美術館と教会を、その近くの村でコクトーの教会を見たことがあるが、それにも勝る感動であった。

そのあとのほんものの洞窟や、展望台からのすごい景色も、人智の前にかすんで見えたほどだ。

6月6日

チビが熱を出したので、陽子さんといっちゃんに見てもらって、合流したとしちゃんのおじょうさん、緑ちゃんもいっしょに、溶岩ばかりの国立公園の取材。

基本的にはハワイ島によく似ているが、アップダウンが多いのがここの特徴。バスに乗って細い道をのぼったり下ったりして、たっぷりとスリルを味わった。

そのあとは西側のいちばんメジャーな浜へ行き、にぎわうロングビーチを眺めながら、おいしいお昼を食べた。毎日ビュッフェで魚と野菜を食べていたので、久々に肉をがっつり。

ロングビーチを見るたびに、PUFFY のあのカニを食べに行く歌が心に流れてくるのは私だけ？

看病疲れが出て、ホテルの部屋に帰ってほとんど瞬間でがくっと寝てしまった。

6月7日

チビがまだまだ高熱。

吐いたり、うなされたり、かわいそうだけれど、最後の日なのでビーチに連れて行く。海風で少し気分がよくなったのか、アイスを食べて笑っていたのでよかった。

旅先で子供が熱を出すと、不眠不休になるのが両親というもの。

私もヒロチンコさんも、毎日へとへと。

でも夜ご飯になってビュッフェに行くと、毎日楽しくガスパチョやピクルスを取ってきて、みんなで笑って、まず一杯ワインを飲んで、生演奏で踊り狂うおじいさんおばあさんを眺めて、幸せだった。なんとなくみんながいる村って感じで、こういう暮らしはいいなあと思う。

6月8日

移動日。

チビはまだまだほかほかでかわいそう。朝熱が三十九度あった。

この風邪、いっちゃんからスタートして次々みんなに移っては治っていったので、インフルエンザではなさそうだ。

マドリッドについてもまだぐあいが悪そうだったが、最後の晩ご飯なので連れて行く。としちゃんファミリーの仲の良さに感動した。思春期の子供たちがためらいなくパパにくっついて、自分からどんどん話をしているし、その横で美しい奥さんが落ち着いた様子で、でも楽しそうにはしゃいでいる。としちゃんのタフながんばりと粘り強い愛情が彼らをぎゅっと結びつけているのが伝わってきた。

長年メールだけでやりとりをしていた神崎さんにもやっと会えて夢のようだし、ジヨルジョやたくじはにこにこしているし、ヒロチンコさんは大好きなエビを大量に食べているし、いっちゃんと陽子さんはいるしで、幸せな夜。チビだけがかわいそうに、高熱でうなされて一晩中苦しんでいた。子供が苦しいと親も切ない。

6月9日

チビを陽子さんにたくし、駆け足でプラド美術館へ。

ほんとうに駆け足だったので、あまりにいっぺんに有名なものを見すぎて、脳が混乱しているのがよくわかった。フィレンツェに行って大量にボッティチェリを見たとき以来の混乱だ。エル・グレコなんてすごすぎてほんものに見えないくらい。ゴヤの黒いシリーズを初めて見て、その恐ろしさに震えあがると共に、地獄は人の心の中にあるんだなということと、輝くような美しい肖像画の裏には、やはり影の部分があったのだ、と人間存在の奥深さをしみじみ思った。

そういえば、ちょっと前まではフラッシュをたかなければ撮影してよかったそうだが、今はだめになっていた。知らずにいっちゃんが写真を撮ったら、日本人が「あ、写真取ってる」と大きな声で言った。「だめみたいですよ」と注意するでもなく「撮っていいんですか?」でもなく、ただいやな感じでぐさっと言ってみる、みたいな。

ああ、まさにこれが私にとって日本のいやなところだなあ、と思った。名画の前でも心広くならず、その感じっていうのが。まあいろんな人がいるし、時代が変わってるし、自分はそうでないふうにいたいと思う。外国にいると忘れてしまうあの感じだが、まさにそれが繊細でテレパシーが通じやすく完璧でかつ優しさもあるという光の文化の裏の、日本の影の面かも。

マヨール広場にちょっと寄って、マドリッドとさよなら、としちゃんともさよなら。なにからなにまで世話をしてくれて、スペイン語を使う場面では面倒がらずにほとんど話してくれて、ほんとうにありがたかった。

6月11日

萩尾望都先生の漫画家になって四十周年のパーティ。

萩尾先生はほんとうにおきれいで、やはり神々(こうごう)しかった。しかも果てしなく謙虚。全員の名札を手作りされたと聞いて、びっくり！　どこまですてきなんでしょう。のだめの二ノ宮センセがあまりにも自画像に似ているのに衝撃を受ける。あれでは、道でわかってしまうではないか、というくらい。服まで同じだ！　でもすばらしいほんわかオーラが漂っていて、あのマンガのすばらしさの秘密がわかった。赤ちゃんを触らせてもらった。ふくぶくしいいい赤ちゃん。

安彦先生や高千穂先生や魔夜先生やちば先生や松本先生がそのへんを歩いていらっしゃるので頭がくらくらしたが、最も私が影響を受けた永井豪先生に「高校の後輩です」と突撃して、いっしょに写真を撮ってもらった。美しい奥様はまるで永井作品のヒロインのようだった。

一生分の漫画家運（？）を先月と今月で使い果たしたと思う。

稲子さんや細井さんにも会えたし、スタジオライフのとびちゃんは大活躍しているし、明石夫妻は赤ちゃんが産まれて幸せそうだし、手塚眞さんと岡野さんも気合いの入った生き方がお変わりないのが一目でわかったし、そういう意味でもよかった。ヨッシーといっちゃんと共にそうやってミーハー心を炸裂させながら、おいしいものもしっかり食べたし。

帰宅して、いただいた萩尾先生の「レオくん」を読んだら、さすがに単なる猫マンガじゃなくて深く、なんで学校があんなにいやだったのか、しっかりと思い出してものすごく感動してしまった。

チビは若干回復、私があやしくなってくるも、時差ぼけでなんと十二時間も寝てしまった。新記録だ！

6月13日

まだまだるいし、体も変な感じ。

タイマッサージに行ったり、エステに行ったりして、なんとか過ごす。

チビはだんだん回復してきてほっとした。回復の証拠はものすごくいたずらで意地悪くなることっていうのも、どうかと思う。

長年通ってきたワンラブがついになくなってしまいつつある。信じられない。

自分が、道ばたで急に泣いたのになによりもびっくりした。

淋(さび)しいなあ、ほんとうに淋しい。行き場のない人がふらりと寄れる、いい場所だった。

チビはペンキを塗らせてもらい、私はお茶を飲ませてもらい、数千円以内の本やものをお礼に買って帰ったり、あえてここでたまに大物のタンスや棚を買ったりして、なんとかなっていたし、ずっと行けると思っていた。

こういうお店ってもう成立しないのかなあ。じつに淋しい時代だなあ。

6月14日

私が忙しくててんてこまいになっていたら、陽子さんがバリバリと助けてくれた。美しいし、優しいし、なにを手伝ってほしいかわかってくれるし、まるで天使みたいだった。

お互いになんか体調がはっきりしないけれど、単なる時差ぼけだろうかね、と言いあいながら、地味な日本のごはんを作って食べた。海外に行って帰ってきていちばん食べたかったのはぱりぱりっと割れる海苔(のり)。とっておきの「海大臣」(ほぼ日で山ほど買った)を思う存分食べて、みんなでため息をついて、日本人の幸せをかみしめる。

6月15日

ついに、契約。

ここまで黙っていたが、小さい小さい部屋を湘南の友達の家の近所に買ったのです。貯金をはたいて。

前からほんとうにお金はないけど、今日からはほんとうにしばらく切り詰めなくちゃ。グルメライフともしばしの別れよ。でも幸せな切り詰めだ。

これという物件がなくって何回も挫折(ざせつ)しそうになった私たち。しかし粘り強く優しく要望を聞き、フットワーク軽く、私たちがいくら冷やかしっぽく見えてもひるまず、都会そして賃貸に疲れ果てた私たちのほんとうの夢を理解しようとしてくれた、稲村ケ崎R不動産の藤井さんに心からの感謝を捧げる。彼はすばらしい人だった。彼がいなかったら、多分私たちは挫折したと思う。

湘南に住んでほしい、ここの良さをわかってほしい、そういう意味のある仕事をするのに誇りを持って手間を惜しまない、そんな藤井さんが本気で助けてくれて、私たちの小さい夢がどんどん現実になっていった。

これまで貯金もせず、まわりの人たちばかりにお金を使ってきた私だが、今回ははじめて自分のために大きいお金を使った。よかったと思う。

気持ちを引き締めて仕事していこう。

夜は茂さんとゆりちゃんがお祝いのディナーに誘ってくれたので、みんなで葉山のおいしいイタリアンに行った。楽しい時間を過ごして、ああ、もう「今日も見つからなかった」と肩を落として帰らなくっていいんだ、と幸せな気分だった。

縁のあるおうちって、ドアをあけたときまるで「待っていたよ」と言っているみたいな空気がある。ここはきっとそうですよ、と半分投げていた私をあきらめずに何回でも誘ってくれた藤井さんの無私の行動を、この家に来るたびに思い出すだろうと思った。

にしても、幼稚園帰りに通いで探すのには疲れた〜！！！

決まってどっと力が抜けた。

6月16日

ここぺりへ。

体がフランケンシュタインみたいにずれて継いである感じだったのを、関さんがブラックジャックみたいにしっかりと再手術してなめらかに継ぎ合わせてくれた。すごい大変なことをしてくれてる……とわかりながらも、ぐうぐう寝てしまった。

体を観てくれる人ってまるで魔法使いみたいだと思わずにはいられない。

6月17日

ほぐれたのがよかったのか、どんどん熱が出てきた。

そして病院に行ったら、なんとB型のインフルエンザの治りかけだった。なんだかなあ。先生も「この程度の症状では、インフルエンザじゃないと思うけど、いちおうね」と検査したらそうだったので、一同てへ、という感じだった。

そうか、チビはインフルエンザだったから、あんなにつらそうだったのか、かわいそうにと思いながらも、みんな新型でなくってよかった〜！　とほっとする。いっちゃんからスタートして全員に順番にうつっていったあの強烈な感染力、そのわりには高熱ははじめてその菌に出会ったチビだけ、という理由がわかって納得した。

6月19日

太極拳（たいきょくけん）を休んで、ひたすら仕事をする。

もうほとんど治っているが、もしも先生にうつすと悪いと思って、自粛した。まだ咳（せき）が少し出るのと、だるいのが残っている。

水疱瘡（みずぼうそう）からインフルエンザへとひどい目にあってかけぬけた感があるが、ここで倒れておかないと後でもっと大変なことになった感がしみじみとするので、これはこれでよかったと思う。もう無茶する時代は終わり、こつこつとやっていく年齢に入っているのが実感できる。私はなにも変わってないが、ごまかしやしなくていいことはどんどんどんどん減らしたい。

寝込んだので清志郎のＤＶＤをじっくりと観て、何回も涙したり、笑ったりすることもできた。心の中の大事な部屋が狭くならないように、たまに観なおさなくては。

6月20日

誘われて、もりばやしみほさんのライブへ。

ソロライブではなく三組中のひとりだし、弾き語りだし、そんなに感動するなんてどうかしてないか？　というくらいに、感動してしまった。涙は出るし、もりばやしさんをほんとうに好きになってしまうし、歌はすばらしいし、詞もすごいし、久々に心がくがくっと震えた。

音楽が体の中にきゅうっと入ってきた。

もりばやしさんはものすごく神秘的な人で、いつも笑顔だがつかみどころがなく、いつも陽気だがなんだか淋しそうで、ふっと風の中に消えて行ってしまいそうな美しさはかなさがある。この人はいったいなんなんだろう？　と会うたびに思ったが、それは才能のものすごさだったのだ、と確信した。これから彼女の音楽は凄(すご)みを増していくだろうし、これまでのキャリアは彼女のほんの一角に過ぎない、そんな計り知れない才能を感じた。

中央線沿線で、中年が多い、ちょっとゆるい空間で、もうどうしようもない感じの気持ちで、ずるずるっと飲む幸せっていうのは、それはそれでかなりいいものだ。その感じを久々に思い出して、人々が中央線から離れない気持ちがわかるなあと思った。

6月21日

もうものがすっかりなくなったワンラブに、最後のご挨拶(あいさつ)へ。

チビがいつもみたいにペンキ塗ったり工作すると言ってきかなくて、ほんとうにダダをこねたり泣いたりして、胸キュン。

代わりに「よかったらそれを持って行きな」とゴキブリがいっぱい入ったホイホイをくれようとする蓮沼さんと、笑顔で別れた。もうこんな日曜日はないんだね、今まであ りがとう。

もうこんな切ないことといやだ、でも時間は流れていく。みんな生きていて元気で会えれば、それでいい。そう思おう。思い出がいっぱいで、重くて、うまく歩けないくらい。陽子さんも切ないなあ、とつぶやいていた。

そのあと父の日を祝いに実家へ行って、優しいたかさまに踏まれたら、みんな少し元気になった。

母も首をもんでもらって、少しごきげんになっていて、よかった。

姉のお料理もおいしく、父は四個もコロッケを食べ、陽子さんもいるのでチビは喜び、いい感じの夜だった。孫が夜中にむちゃくちゃ騒いでもほんとうに嬉しそうにしてくれるのは、ジジババオバだけだね。

でもうちのお母さんの「なに、その汚い手、手をふいて〜!」というのを聞くの、自分が子供の時以来だが、まだドキドキする。しかもお母さんはチビに「バーバはおっぱいあるの?」と聞かれて、おっぱいを見せていた。チビが喜んでさらに「おまたは?」と聞いているのでどうしようと思ったが、さすがに「それは見せない」と断わっていた。ほっ。

6月22日

チビがかわいそうなので、一日つきあって遊んであげることにする。

パパといっしょにおいしいインドカレーを食べに行ったり、邪宗門のすてきな老夫婦とおしゃべりしながらお茶したり。あのすてきな人たちが生きているだけで、幸せだ。

でも、チビはパパにもママにもずっとしかられっぱなしで、気の毒なほど。どうやったら、ここまで悪いことばっかりできるのか? くらいに悪いのだ。しかもしかられるとわかっていて悪ふざけが止められないみたい。そういう年頃なんだねえ、と言いながら、家族三人、久しぶりに水入らずの休日を過ごして、みんなちょっと笑顔が柔らかくなった。チビはインフルエンザを経験して、背がのびて、肩幅が広くなった。

みんなで峠を越した感あり。川を渡った感かな?

6月24日

近所のまゆみさんのところに、なんだかわからないがものすごいトリートメントを受けに行く。まゆみさんが触ってくれた足がどんどんあたたかくなって、寝ているような違うようなものすごくすてきなふわふわした感じになった。

でもまゆみさんの言うには、霊的な訪問者として、死んだおじいちゃんとか七福神みたいなものがどんどんやってきたそうだ。

私はイケメンの天使とか金髪でローブの人とかを勝手に思い描いていたそのヒーリングだったのに!

まゆみさんのまわりにはいつもなんともいえない色っぽく静かな空気が漂っていて、気持ちが静かになる。その静かな気持ちのまま、きらきらと晴れた道を気分よく散歩して帰ったら、ヤマニシくんの「トモダチコレクション」の中では私とチビがつきあいはじめていた。そのうえ相性は四十六パーセントとか、そのくらい。でもわかりますよ、それ。ほんとうんざりする相性だもん。他人だったら別れてると思う。親子だからやむなく全面的に受け入れてるだけで。向こうもそうだと思う。

6月25日

としちゃんが来日していたので、いっしょにお茶をしたり、仕事の書類をざっと見て意見を交換したり、ラ・プラーヤにごはんを食べに行ったりした。

何回行ってもおいしい。今回は初めての野菜の煮込みとか、スモークした鰹とか、ガスパチョのようなもの（名前を忘れました）とか、新たな感動があった。現役マドリッド人のとしちゃんも、おいしいと言っていた。そのあと児玉さんのワイルドなスパニッシュライフの話を聞いたけれど、としちゃんとあまりかぶっていないような……というか年代もやっていたこともワイルドすぎる！

でもほんとうに一晩中遊ぶ楽しさとか、自然の中でかぶりつくように食べたなにかの味とか、泥酔した次の日の青空とか、そういうのを知らない人には確かにあの味は作れないかもしれない。繊細なのに小さくなっていないというのがやっぱりすごい。

としちゃんが近くにいないと、ちょっと心細くなる。ほんとうにみんなとしちゃんを頼りにしているのに、としちゃんはそのことに対して根っからポジティブで、なんとすてきなんだろうと思う。

6月26日

ついに決済。

決済って、なにが緊張するって、基本的に全ての書類が「この人に悪気があったらこうなってしまう」という前提に作られているからだと思う。寿命が縮む気がする。抵当権の抹消の話とか、セットバックの話とか、日割りの固定資産税の計算の仕方とか、何回聞いても人に説明できる気がしない。きっと私、一生宅建に受からない。あと銀行で急に届出印が違うとか、住所が微妙に違うからお金が動かせません、とかそういうことが起きそうで。

でもいくらお金がからんでいるとはいえ、その場にいる人はみんな売り主にも買い主にもよかれと思っていてくださっているわけで、大人が大勢いて、申し訳ない。

何回やっても、慣れないこの作業。多分もう一生しなくていいと思うと、幸せ……。

しかも初対面の売り主さんがものすごいイケメンで、ヒロチンコさんと後から「私があんなイケメンと大きなお金をやりとりすることは、どんなケースでもきっと一生ないだろう」と言いあう。確かにイケメンとみずほ銀行のソファに並んで座って家のいろいろな裏話を聞いているとき、なんでこんなかっこいい人がこの世にいるのだろう、としみじみと思った。モデルよりも俳優よりも整った顔の人だったし、服のセンスも良く、背も高かった。イケメンが嫌いな文藝春秋の平尾さんだったら、面接だけで一発で落としそうな青年であった。

さらに、その家はイケメンとそのイケメンよりも五十倍もイケメンな人（イケメン本人がそう言っていた）を含むイケメン軍団で設計したり作ったりしたそうだ。すごすぎる。

私たちの中でその家は「湘南イケメンハウス」と呼ぶことにした。なんだかいやだが、そんなにイケメンだらけではしかたがない（？）。

やっと鍵（かぎ）を受け取り、イケメンハウスにコーヒーメーカーを持ち込み、食器を少し洗い、窓をあけた。この全ての場面が人生でかなり重要なものだと思いながら。

R不動産の藤井さんがわざわざ伸びすぎた笹の葉を刈り込んでくれているのを窓から見て、涙が出そうになった。ありがとう、藤井さん。もうしばらく会えないなんて、信じられない！　みんな藤井さんが大好きになっていた。藤井さんと過ごすためにももっともっと物件を見たいくらいだった。

でもこのおうちと恋におちたから、もう、決まっちゃった。

藤井さんが帰ってしまいみんな淋しくてぽかんとしていたら、百合ちゃんがさっそうとやってきたので、みんなでまたぱっと明るい気持ちになり、海に行く。ちょっと足をつけたり、作り途中の海の家を眺めたりした。それからしげぽんもいらしたのでみんなでタコスを食べて、しげぽんの新しいスピーカーのすばらしい音を聴いて、満足して、いっぱいの幸せを持って帰宅。

ああ、ほんとうに決済って緊張する……ほっとしすぎて帰ってから眠れなくなり、夜中まで思わず仕事をしてしまった。タフな一日だった。

6月27日

燃え尽きた……。熱まで出てきた。

でも藤谷くんがメールをくれたので、ガリガリ君を食べるチビを連れてフィクショネスに行き、チェロを弾いてもらったりチビは触らせてもらったり、すごくよかった。大きな楽器の音を聴くと、心が浄化されるよう。藤谷くんが弾いてくれた「バッハの『無伴奏チェロ組曲第一番』の一曲目」(本人にしっかり確認した)はものすごく有名な曲だけれど、なんとなく藤谷カラーが出ていて、よかった。河合先生のフルートもそうだったが、楽器の音には全部出てしまう。

ちなみに私のフルートはいつも「ケーナの音みたい」と言われ「人生に対して弱気なのがよくわかる」と言われた。

せめて繊細って言ってくれ！

そのあと私のジュエリー最後の港、ジャン・グリソーニさんに会いに行く。藤谷くんとなにも違わない見た目にびっくり。チビもびっくりしていた。すごくいい感じの人だった。

たまたま山口智子さんもいらした。美しく頭も小さくスタイルがよく、なによりもさわやかで知的なその雰囲気にチビもひそかにぽーっとしていて「あのすごくきれいな人はケンヂの妻なんだよ」と言ったら、ものすごく尊敬していた。

ヒロチンコさんとチビと焼き鳥屋さんに行く。ナスが大嫌いなチビに水ナスを食べさせたら「信じられない、おいしい！」と言っていた。広がっていく味覚の時代。

私「ヒロチンコ、私のようなすばらしい女性と結婚して、ほんとうによかったよね。だって、普通の女性は、マジンガーZ見なくちゃ、とか仮面ライダーディケイドはいまいちだとかいう話ができないんだよ、フィギュアだって、いつ発売とか言っても、関心がないんだよ」

ヒロチンコさん「でも科特隊の歌やMATの歌やアフロダイAの歌の歌詞を知って

るところまでは、望んでなかったな……」

スピリチュアルな望みはいつも微妙にずれるものである。

6月28日

庭のため池の中にいる、でっかいフナみたいなものは、メダカだったはずだよな……なんだかこわくてエサをあげるのもどきどきする。

今日はジョルジョを案内して、山口さんのお店に行き、またもジャンさんとお話し、チビはクッキーと「20世紀少年」グッズをケンヂからじきじきにさずかり、カウブックスに長居して最終的にはジョルジョが小村という人の絵を衝動買い、そのあとマハカラでイカ焼きを食べて、トレモロにカラオケに行くという完璧（かんぺき）な東京の夜を過ごす。

楽しかったね、と家に帰ってきて、いただいた旗を子供部屋に飾ったら、今にも「ともだち」がやってきそうで、ちょっといやだ……。

飴屋さんと藤谷くんとちほちゃんから家に関してあたたかい言葉をいただいた。渡辺くんと古浦くんもすぐメールをくれた。

清志郎の「気の合う友達って　たくさんいるのさ　今は気付かないだけ　街ですれ

ちがっただけで　わかるようになるよ」という歌を聴いて、そうだ、きっとそうだ、今はつらいけど、きっとそうなるんだ、と思ってから、ほんとうに気の合う人たちを見つけるまで少しのギャップの時代があった。つらかった。それは他の誰でもない、自分を調整する時代だった。目の前の人にこびてそれなりの時間をつぶす（そうしていると時間だけがどんどんたってしまうし、自分の見た目もそのグループに埋没する）のではなく、たとえ今ひとりぼっちになっても、気の合う人を見つけるまで、自分のありのままでふんばるんだ、と思った。そこで信じることをやめなかったから、そんな人たちにもめぐりあえたのだろう。

フラでもありのままでへたくそな踊りを披露しているうちに、りかちゃんやじゅんちゃんやあやちゃんが声をかけてくれた。ちはるちゃんや三奈ちゃんものんちゃんも、はじめは遠くからかわいいなあと思っていた人たちが、今は仲間になっている。あっちゃんもひとめで大好きになった。

私がおめでたいだけなのかもしれないけれど、ほんとうに人に恵まれ、幸せな人生だと思う。

6月29日

珍しく姉が家に寄り、チビ大喜び！

私が昔描いたとんでもないギャグマンガ（タイトルは『おとなびなすびくん』だよ！）を姉が持ってきて、読み返すと変わっていない自分に衝撃を受ける！　自分史ってやっぱ気取ってるな。こんなマンガ描いてる奴に青春の嘆きを語られてもな。

姉の持ってきたオードブルでビールを飲んで、それからちょっとだけ外に飲みに行く。

海の匂いのする風がしめった空気に溶けていて、土肥に行けたら行こうね！　と話し合う。あそこに行かないと、夏がない感じなのだ。

湘南に行き好きになるほど伊豆の別の良さもわかり、ようするに海辺が好きなのね。

6月30日

歯医者さんに行ったら、虫歯がなかった！　嬉しい〜。痛いと思ったところの嚙み合わせを調整してもらったり、歯を磨いてもらったりして、うきうきしていたら、なんと突然みなみちゃんが声をかけてきた！　数年ぶりに会えた。偶然同じ歯医者さんに通っていたのだった。待ち時間にいっぱいしゃべる。変わらないし、いい奴だし、ハンパじゃない根性で犬の看病をして、最後まで看取った話を聞く。彼女はほんとうに立派だったと思う。外出もせず、夜も寝ず、不屈の看病だった。最後は吐かないように腕枕で徹夜だったそうだ。こういうのは絶対神様が見てると思うよ。

そのあと、用事があって蓮沼さんとお茶したり、成田さんの現場を見に行ったり、ソフトバンクに行ったりした。蓮沼さんとだらだらっとおしゃべりする時間がどんなに大事だったか改めて認識した。インドに行くそうなので、握手して別れた。お金になったり、むだじゃない時間ばっかり追いかけてると、ほんと、亡者（もうじゃ）になるぞ～と思う。

今になって思うに、あの、「もうなにひとつ動かない、よどんでる～、自分はなにやってんだろ」とか「うわ～、今日はだらっとおしゃべりして過ごしちゃった」「うげげ、気づいたらまた寝ていたっす」みたいな時間があるからこそ、やることがあるときに、が～っとやれるんだと思う。

7,1－9,30

7月1日

英会話へ。

インフルエンザ→気管支炎になった私のしゃれにならない咳きこみ、いろんな人のいろんな動揺したリアクションを見ることができるが、本人はもうすごい状態にすっかり慣れた。それにしても、マギさんの対応は、この上ない、尊敬できるものだった。だからってみんなはしなくていいんだけど。

生きてるといろいろあって、ものすごい姿の人や、死にかけていろいろなものを体から出している人や、とにかくいろんな人に会うけど、そういうとき、マギさんみたいでありたいなあと思った。

原田梨花さんの「もうきみを愛していない」（扶桑社刊）の中に入っている「虹のクオリア」というマンガは、かなり好きなマンガだった。連載時は読みにくかったので、まとまってから読もうと楽しみにしていたのだ。

たいへんなテーマなのに、ものすごいがんばり、とにかく無謀にトライ、言いたいことのすばらしさにも感動。そうだよ、人生は好きなだけ好きな人といたり、愛していいんだよ、と思う。よくやった！　と拍手したくなった。この人は、絶対まだまだすごいことをやると思う。よく見たら、うちのチビと誕生日と血液型がいっしょであった……他人と思えないはずだ。

7月2日

チビを連れてフラの見学へ。

久々にみんなでごはんを食べに行って、みんなのきれいな笑顔を見て、ハグして、幸せになった。もうフラなしでは生きられないと思う。クリ先生のフラ界にかつてないであろう自然体パターンの教え方も、大好き。

チビがいきなりりかちゃんのアイシャドウでお化粧しだして清志郎になっていたのでびっくりした。そして顔色悪い子みたいな顔になって帰っていった。

年齢を重ねていろいろ経験すると、人にいろいろなアドバイスをはっきり言えるようになる。相手が聞こうが聞くまいが、見えていることを言わないと自分が後悔すると思う。りかちゃんが今日私にそれをしてくれたとき、なんとありがたいことだろうと思った。いろいろな経験がなければ決して言えないことだった。

7月3日

夜はたかちゃんと三宿のえびすさんに行って、ちほからの預かりものを受け取る。持ってきてもらったのに、おごられてしまい、恐縮する。えびすさんはおいしいし安いし懐(なつ)かしいし、最高だなあ。

7月4日

軽井沢へ。

澤くんって……なんで今朝バンコクから帰ってきて、その足で佐久平に行って、さらに車で駅まで迎えに来れるの？　なんなの？　その体力は。ありがたい&尊敬が増した。なんでそんなにさりげなくポジティブで切れがいいの？

三沢厚彦さんのすばらしい動物たちが、メルシャン軽井沢美術館で展示されていた。他の方たちもとにかく空間に溶け込んでいてすばらしいし、豊嶋さんの小屋も最高だったけれど、三沢さんのバクとユニコーンには、これまでの三沢さんの世界をさらに超えるなにかがあった。あまりに感動してしまい、三沢さんがそこにいるのに、バクとユニコーンを何回も見に行ってしまった。もう会えないのかなあ、また会えるよねって。あの子たちは絶対生きてた……！

澤くんつながりの豪華メンバーとお茶、束芋さんから手ぬぐいをいただいたり、豊嶋さんの豪華タトゥーを見せてもらったり。チビはやよいさんちの子と仲良くなって(日本人っぽくないチビ同士、すごく気が合ったみたいだ)走り回ったりして、幸せな午後だった。いっちゃんもにこにこしていてほんとうによかった。気の合う人の特徴として、別れてからその人の声がまだ耳の中にする、というのがある。今日はそういう人しかいない日だった。

7月5日

ワンラブ最後の日、蓮沼さんがチビに最後のバイトをしにこない？　と電話してきた。切ないなあ。日曜日はしょっちゅうペンキを塗らせてもらったものだ。

記念に写真を撮って、いつもみたいに別れる。もうこの場所でペンキを塗ることは二度とないのだなあと思いながらも、すがすがしかった。最後に呼んでくれたことで、みんなふんぎりがついたみたいだ。

夕方ジョルジョが来てまたカラオケに行こうというので、前菜をがんがん出していったら、しばらくして「今、この一皿でアペリティーボを超えました」と報告があったので、止めた。さすがイタリア人だ、そのへんは厳密だ！

カラオケに行って、居酒屋でちょっとお刺身を食べて、夜風の中でハグして別れた。

チビとヒロチンコさんと家路を歩きながら、淋しくてぽかんとしてしまった。

この一ヶ月くらい、ずっといっしょにいたみたいだったからだ。

7月6日

チビが朝、そうめんをはしで持ち上げてじっと見ながら、「よくTVでここが映ってるよね、すごくおいしそう！　っていう感じで、こう持ち上げて」と言ったので、ほんとうにそうだね、と言う。

久しぶりに蟻やさんへ。なんだかわからないが超人気店になっていてびっくりした。私が小さい頃からあったのだが、みんななぜ今頃？

店の人たちは変わらず優しく、両親も会えたことですこし若やいで、ほんとうによかった。店の前に車を停めさせてくれるし、チビに親切だし、下町の良さだなあ。

7月7日

朝起きたら、いきなり三十九度の熱。

「このところの体調が心配です」というメールをたくさんいただきますが、私もですよ……。でも悪い病気ではなさそうで、単なる過労なので、なるべく休みます、と言いたいが、この不況がそうはさせてくれないのであった。

とりあえず病院に行き、今回は「多分インフルエンザかもしれないね」と言われながら検査したら、単なる風邪であった。先生はまたも読みがはずれ、てへへ、となっていた。

帰宅して、石のようにひたすら眠る。

夜は藤谷くんとタイ料理屋さんに行く。解熱剤で熱が下がっているあいだに、なんとかちょっと飲んだり食べたり。みゆきさんが風邪用のスープを作ってくれたり、藤谷くんが風邪の追い出し方を教えてくれたりして、ハートがあたたかくなって帰った。

7月8日

山田詠美先生の「学問」を読む。著者の人生に対する深い愛情と絶望がひしひしと伝わってくる名作だった。ちょっと悪い男の魅力を描かせたら右に出るものはいない。山田先生は男というものを知り抜いている。反射的にどう動くかわかってる、そこがすごい。やはり女性だから、男子に対する多少のファンタジーはあるんだけれど、それを経験と力技と反射的な動きの描写で、「片想(かたおも)い」の本質をリアルなものに置き換えている、すごい技だ！　私はこの中では本気でムリョと結婚しそうなタイプだけど、ほんと、当たってる～！　きっと山田先生には素子タイプ（俺）のような人間のことは一生なぞだろうし、私はかっこいい男女がこわいから、やっぱ棲(す)み分けってうまくいってるら～（意味ある静岡弁）！

解熱剤を飲んで、マスクもして、ここぺりへ。「あ～、この足の感じ、懐かしい。解熱剤を飲んでる子供の足の皮膚ってこういう感じだったなあ」と関さんにしみじみ言われる。懐かしまないで～！

体がしっかりほぐれたら、熱も出てきたが活気も出てきた。

そのあとは解熱剤を飲まずにがんばり、夜明けに三十九度七分になったところで、一気に飲んでみた。信じられないくらい汗が出て、熱がひいた。やりとげた感あり。

7月9日

大内さんとせきこみながらランチ。病気でやせたんじゃなあ、としみじみ悲しまれた。大内さんは日本人離れしていて、積極的に能力を社会に還元していこうとするのがすばらしいと思う。お金ではないっていうのが先にあって、その次にお金があって当然っていうのが来る、それが正しいと思う。でもたいていはこうはいかない。

我ながらここまでほんとうのことを書いていいのか？　と思うくらいにすばらしい前書きを書いてしまい、本人には不評、まわりは大笑い。大内雅弘さんの「セルフ・チネイザン・タッチ」が、幻冬舎からやっと出た。わかりやすく、とにかく初心者向けなんだけれど、大内さんのおおらかで愛情深い価値観がばっちりとこもっていて、入門編としては最高のでき。

私の人生、これまではなんとなく心臓から下はうやむや、ロルフィングを受けたとき以外はずうっとお腹(なか)のあたりはブラックボックス、妊娠出産でさらに酷使、みたいな感じだったが、大内さんのセッションを受けて、はじめて内臓が愛を求めているのを知った。そうか、内臓は感情のためのもうひとつの世界なんだ、というのがはっきりとわかったのだ。それから冷え性は治ったし、子宮筋腫(きんしゅ)もなくなった。びっくりしたよ。

夜はデナリさんの個展へ。二年間でよくここまでがんばったね、という成長ぶりに感動。頭の中の世界を妥協なく形にしていくのって大変なのだと思う。彼女の色彩感覚は特殊で、彼女にしか描けない絵がたくさんある。それがすごいと思う。

7月10日

昼はゲリーとランチ。百合ちゃんにごちそうになる。えりちゃんや武藤さんも来て、にぎやかだった。今日のバイキングは北海道フェアだね！ と言いあうも、みな同じことを感じていたら、さすがのゲリーが言った。「ここはよく来るし、いいお店だし、おいしいけど、でも、いつも同じなんだ」

みんなふか〜くうなずく。フランスフェアもイタリアフェアもタイも北海道も、基本的に同じものに別の味付けが……いつもステーキを焼いてくれるところは今日はジンギスカン風味のラム。でも、同じ味。スープもたとえば今日は北海道だからコーンスープ。でもなんか、同じ感じ。カレーはホワイト。でもそうでないときと味は同じ。

「このあいだはなんだっけ？ 南仏だっけ？」と百合ちゃんが言うと、

「同じだった」とゲリーが言い、私はもうおかしくておかしくて鼻血が出そうだった。

なんでそんなにおもろいのだ？

前にゲリーが断食しているとき、ニュースで「森に飛行機が墜落して四十八時間サバイバルした男が森に不時着してすぐ、虫を食べたりネズミを食べたりしてとにかく生きた」という話を聞いて「四十八時間なんてなにも食べなくてもいいのに、なんで不時着してすぐに虫やネズミを食べるんだ？」と思った話に次ぐおかしさだった。

夕方は深澤直人さんと対談で事務所におじゃました。

うちがごみためにに思えるほどの整然とした、しかし無理のない美しい空間、窓の外にはゆったりと歩く若者たちが見える、なんていいところだろうと思った。働いている人たちもみな仕事を楽しんでいる感じがした。

ほんとうによくものを見ている人には、むだでむだでしょうがないと思えることがこの世の中の八十パーセントくらいを作っている。それが世の中というものだけれど、自分の作品はそれに合わせて作るわけにはいかない、だって、自分の仕事の神様に悪いから……みたいなことを感じている人がここにもいたんだ、しかも年齢は上だ、と思って心からほっとした。

深澤さんはとても論理的かつ直感的で、ものごとの本質をぐいぐいと切り取って生きていることが伝わってきたし、変な偏り(かたよ)のない、まっとうな自然観や、快適さに対するごく普通の考えがあり、だからこそしっかりした喜怒哀楽がある人なんだなあと思ってますます尊敬した。かっこいいことがしたいのではなく、変なことがしたくない、みたいな感じがした。とても男らしくまっすぐな方だった。

7月11日

フラのホイケ（発表会）。

いつもお祈りしすぎて頭が割れそうな私……クムがはじめに「私のヒーロー、ばなちゃん」と言ってくださったが、ヒロインじゃないんか⁉ というのはうそで、とても嬉しかった。出ないけれど、クラスの人たちと、いつも心はいっしょに舞台で踊っているから。

今回はちびしお先生がハワイから戻っていらしていて、しかもむちゃくちゃにうまくなっていたので、涙が出た。こんなに成長して、こんなにうまくなるなんて！ こんな人いるんだ！ みたいな感動だった。心なしかあゆ先生もクリ先生も自然で幸せそうな踊り……。

緊張してはりつめていて蟻のはいでる隙間もないような完璧なステージもいいけれど、高い技術に裏打ちされたリラックスした踊りというのは、これはこれでほんとうにいいものだなあと思った。

じゅんちゃんを待って、おつかれさまの乾杯をする。

出ずっぱりで、あらゆるジャンルの曲をこなし、アシスタントをしているクラスの生徒さんのケアも、クラスのケアも、なんでもかんでもやりぬいて、片付けも最後までいて、三茶の道をひとり大荷物を持って歩いてきたじゅんちゃん。絶対神様は君のしたことをみんな見ているよ！

そんなじゅんちゃんはステージでもその他でも、一日中最高に輝いていて、誇らしかった。

7月12日

疲れ果てた感ありの日曜日、なんで自分は踊ってないのに疲れる！

熱もちょっとあったけど、外村まゆみちゃんの東京での初個展に行く。ヒルサイドテラスなのに、まゆみちゃんの愛犬オモチがギャラリーの中をすたすた歩いていた。

まゆみちゃんの作品、大らかで、清らかで、すっとしていて、しかも売ってない！ 売る気がない！ それが感動だった。だれにも見られなくたって、この人は創るだろうと思う。自然がまゆみちゃんを見ている、いつだって。自然に愛し愛されているまゆみちゃんの豊かな人生。まゆみちゃんの自画像の目が、旧山手通りからくっきりと見えた。それだけで山や川に行ったみたいにすっきりした。

7月13日

はじめてＩＫＥＡに行った。車と根性があれば、安く家の中も楽しくできるという感じ。

歩いているだけでへとへとになり、足が棒になったのでびっくりした。こんなにも広いなんて。組み立て家具のある倉庫部分なんて、天井高すぎてくらくらした。デザインは思ったよりもすごくいいわけではなかったが、じっくり見ると冗談みたいに安くてかついいものもあり、なるほどと思う。

いろいろ買って積み込んで、湘南イケメンハウスへ行き、ご近所にご挨拶(あいさつ)に行く。お年寄りが多くて懐かしく落ち着く感じ。おたくの子供にしてください〜！と言いたくなるような、感じのいい暮らしぶりをかいま見る。

海に行くひまはほとんどなく、掃除したり虫を取って一日が終わった。焼き肉を食べて元気に帰る。

7月14日

一ヶ月ぶりくらいに、咳(せき)で目覚めないで寝たので、ものすご〜くよく寝た。睡眠ってほんとうに大事。たいていのことは睡眠をよく取ると解決するとさえ思う。

結子に会いに行き、いろいろしゃべる。久々に会ったので、いっしょにお茶を飲んでいるだけでなんとなく幸せ。幸せをそっと抱くように帰り、茄子(なす)おやじで家族でカレーを食べる。なんであそこのカレーはあんなにおいしいんだろう？　チビもどんどん食べるようになってきた。はじめは辛いと言っていたのに、タイ人の子供のように慣れてきて、おいしさがわかったみたい。

でもチビに「茄子おやじに行くよ」とか「沖縄そば行くよ」と言うと、必ず「今日はカレーの気分じゃない」「沖縄そばの気分じゃない」などと言うのだが、そこで「何の気分なの？」と聞いたら負けだ！　そうしたら必ず「ピザの気分」と言われて毎回ピザ地獄になる。たとえ昨日がピザでもお昼がピザでもピザなのだ。「だって、さっきラ・ベルデでピザ食べたじゃん」と言い返そうものなら、「じゃあロクサンに行けばいい」と言われる。これ、下北界隈（かいわい）の人なら痛いほど場所とか味がわかるであろう。

7月15日

久しぶりに矢坂さんと斎藤くんに会い、打ち合わせ。

おふたりとも変わりなく、頼もしかった。

りえちゃんのいない日本茶喫茶はとても淋（さび）しい。町の灯りが消えたみたいだ。このへんの人みんなが今、毎日りえちゃんを思っている。近所の人たちがこんなにあのお店を大事に思っていることが、りえちゃんに伝わるといいなあと思う。

夕方はホ・オポノポノの取材を受ける。私はインチキ実践者なのに申し訳ない。でもあれほど抜けのないメソッドと抜けのない講師には会ったことがないかもしれない。イハレアカラさんは、突っ込みどころ満載なのに、説得力は百パーセントなのだ。

7月16日

ロルフィング。

信じられないくらいすやすや寝てしまった。起きたとき、どこにいるのか忘れてたくらいだった。

なんとなく首がのびたような……歩きやすくなったような……、と思いながら、じわじわと歩いて買い物をして帰る。あまり重いものを持たないようにして、歩き方を調整しながら。でも意識的にしたことってあんまり意味がないみたいだ。

腰が痛い人は、すぐ腹を前に出して歩くけど、これってますます腰に悪いんだよね。無意識にやってしまうので、そのしくみがよくわかる。

7月17日

身内ではないが身近な人に関するものすごくショックな知らせがあり、がっくりと落ち込んだけれど、その落ち込みの先に小さな希望のような空間を見つけて、それについていろいろ考える。ぷちぷちきらきらしていて、のんきで、時間のないその空間。そうか、ここがあったか、と思った。そのことは小説に書くだろう。

生きているということは、そのうち死ぬということだ。それが遅いか早いかというだけの違いでもあるだろう。でも私は今日生きていることにだらだらっとしていないか？　力んでいないか？　せんないことをぐちっていないか？　おびえきっていないか？

そうやって自分を振り返ってみて、恥ずかしいところがたくさんあったので、無言で直そうと思った。それしかできることはない。

自分はもっと重い病気なのに「水疱瘡たいへんだったね」「病み上がりなんだから働いちゃダメ」と言ってくれた、百合ちゃんのママや美香ちゃんのことを思うと、胸がいっぱいになる。そういう人たちは、まわりがびっくりするぐらいに長く生きててほしい。

今日は日帰りでヒロチンコさんのパパに会いに行く。みんなでフリスビーをしたり、温泉に入ったり、すごく楽しかった。パパの買ってきた高級な大田原牛を、顔から牛脂がにじみ出てくるくらいにたくさん、贅沢にガーリックと塩こしょうだけで焼いて食べた。ヒロチンコさんとパパが焼いてくれてるあいだ、私はTVを見たりしてくつろいでいた。ふふふ……男子たちがんばれよ。

7月18日

そんなに貧乏ならこのサイトを安くても有料にしたら？　という話はとってもよく聞く。

でも、そんなことしたらいちばん大事なものが損なわれる。

それにしても人生きれいごとではないので、文庫化している。パソコンを持っていない人も多いし、風呂（ふろ）やトイレでだらだら読みたいという人もいっぱいいるから、それはそれで大切なことと思って。

夜は霞町すゑとみさんに行く。りさっぴの紹介で、たまたま今日あいていたじゅんちゃんとのグルメチームで。

分とく山の頃何回かおじゃました懐（なつ）かしい空間で、今は末冨さんがおいしいものを作っていらした。順番も量もよく考え抜かれた和食をいただき、幸せいっぱいになる。ごはんを大切にしているところもいいし、今日食べたのが人生で食べた鱧（はも）の中でいちばんおいしかった。この年齢になって一番が替わるというのは感動ものだ。

7月23日
フラ。久しぶりに陽子さんがいて、嬉しいなんて言えないくらい嬉しい。それに休んでいた二年間を感じさせず、普通に踊れているのでそれもびっくり。みんなで踊るとやっぱり楽しい。ダンサーってとにかくすばらしい。ただただそう
いう気持ち。
踊りってほんとうに奥深い。思っていることが全部出るし、その人が全部出る。へなちょこダンサーだけどね！
私のお誕生会で千に行く。つい頼みすぎてみんな無言になるまで食べてしまった。いつもの夜で、特別な食事でなかったけれど、それがいちばん幸せだった。

7月24日
四十五歳になりました。
前の家の大家さんにさくらんぼを届けに行く。八十五だが健在だ！　よかった〜、と思う。
夜はすし匠でヒロチンコさんにごちそうしてもらう。涙が出るほどおいしくて、夫

婦の会話ゼロ。「おいしいね〜」「うう、おいしいね〜」だけ。仲悪いんじゃ。

相変わらず大将は謙虚ですばやくておいしい味を知り抜いていて、たくさんの魔法をまのあたりにした。どんな不況でも大丈夫な人というのは、微調整の天才だなと今日もまた思う。

7月25日

このあいだのものとはまた別に、とても悲しい知らせがあり、一日沈んだ気持ちで過ごす。

でも、自分がその人にしたことにも悔いはない、やりつくしたと思ったし、死んだ人もほんとうによくがんばったし、つらいことがあって自殺したのではなく、つらい病気だったのに最後の最後まで普通に生活して、去っていったので、ほんとうは悲しいことではないのだ。

ほんとうに悲しいことと違って、こういう美しい生き方死に方を見たときは、だんだんみんなの心がもっと強く立ち直っていくものなので、遺された人は時間をかけてがんばってほしいと思った。遺された人とその人がほんとうに強く愛し合っていたのは、誰が見てもわかっているからだ。

夢に店長が会いに来たり、庭にいたらラブ子の呼吸が聞こえたり、この数日間いったいなんだろう？　と思っていたら、その訃報だった。天国と近い数日間だったのかもしれない。

7月26日

何十年ぶりかで後楽園ゆうえんち……ってもうないのね、東京ドームシティへ行く。

チビにシンケンジャーショーを見せるため。なんと屋内になっていて雨でも大丈夫！　すごいなあ。

それからマジクエストにもつきあわされ、歩き回ってマジ疲れた。バイトの人たちはほんとうに優しくていい感じだったけど。

最近のこの遊園地は、なんと入園料を取らない。すごい！　太っ腹になった！　と思っていたら、とにかくこまめに金を取る。なんでもかんでもオプション。握手も撮影も別料金。マジクエストのワンドにつける飾りも別料金、六十分過ぎたら冒険は終わりと告げるシステムもお金払えばすぐ解決！

これ、一見選べるようでいて、お金のない人たちがどんどんみじめになるようにできているシステムなんだな〜と思った。しかも絶妙にみじめになって、お金さえあればなあと思うような罠でいっぱいだ！

でもたくさんのコスプレの若者……ワンピースや銀魂やNARUTOやプリキュアの人たちが、入園料がいらないからあちこちで楽しそうにしていて、なんだかよかった。暑そうだけど。

十七時過ぎたらミッションが増えて、死んでいるか生きているかわからない女のお面をはぎとらなくちゃいけないというので、お化け屋敷入るかどうかものすごく悩んでいたが、姉から「早く来い」と電話がかかってきて内心ほっ。

7月27日

近所にある大橋歩さんのギャラリーに、仲田さんの台所小屋の展覧会を見に行く。

小屋って、豊嶋くんのときも思うけれど、どうしてあんなにときめくのだろう。全員が子どものような顔で小屋のまわりをうろうろしていた。子どものほうが全然落ち着いていた。仲田さんの作品も小屋と一体化していてよかった。

大橋さんの事務所にさりげなくフレンチブルがいたのもすてき。

大橋さんは前にお会いしたときよりもずっと柔らかく明るく若くなり、ぱっと輝くお顔をしておられた。あのときは取材だったから、お互いに緊張感があったのだろうと思う。帰りに虹が出て、その場にいるみんなで空を見てとても楽しかった。

7月28日

次の作品が続編ではないけど完結編のようなものなので、やむなく「王国」を読み返してみる。なんじゃこりゃ、力作だけどへたくそだぞ、俺！

読者のみなさんほんとうにほんとうにありがとう……と頭を低くするしかないくらい。

まあ十年くらい前のことだからなあ、最後のだって五年くらい前だしなあ、ある程度はしかたないか。下手と思えるだけましか。

しかしこの作風だと「細かいことはわからんよ、とにかく書きたいことを書くんじゃよ」とすっとぼけて尾崎翠や森茉莉みたいな着地点で生涯押し通すか、ほんとうに文学みたいに書くようにするか、どっちかしかないよな〜。どうなっていくんだろうな〜。今、実に中途半端なことになっている俺のあしたはどっちだ！　ルルル〜

7月29日

蓮沼さんのところへ顔を出す。終わりってこうやってだらだらっと来るものだったなあ、と思う。ほとんど同じ歳なので、どういう未来を夢見て、それがどう違ってきたかというのを共有している。自分の価値観がはっきりするにつれ、ギャップもたえがたくなる。

チビ「ね〜、はすぬまさん、ハワイいったことある?」

は「あるよ、ずいぶんむかしだけどね」

チビ「いっしょにいった人はどこ?」

は「いや〜、どうしてるかなあ、連絡がとれなくなっちゃってねえ」

およしなさい! そんな質問!

丹羽さんがいらして庭がすっきりして幸せ、しかしダッシュでここぺりへ。

関さんの謎の力でいつのまにか泥のように眠り、帰りは久しぶりに行きつけの焼肉屋さんで軽く食べる。このところ寝込んでいてなかなか行けなかったのだ。

ご長男のうちの赤ちゃん、つまり店主のおじさんのお孫さん……に初めて会えて嬉しかった。くりくりの目に元気な手足で、お嫁さんもすっかりママの顔になっていた。ここの家のおじいちゃんがお店に元気でいらした頃から通っているので、時代の移り変わりが切なく、長く共にした歴史が嬉しい。

7月30日

深く眠ってかなり元気になった。

人妻恵さんとお昼を食べて、ソファなど見に行く。私は園芸ハサミやステンレスの片手鍋を買う。昔から知ってる人が人妻になるって感無量。みんな無事で生きていてよかったという感じだ。

家事は自発性があるかどうかで全然違うな、と思う。「放浪の家政婦さん」を読んで以来、ちょっと家事に燃えている私だが、そうするとつらいと思わないのだ。

夜そばを食べに行って、ヒロチンコさんが貧血になったのでゆっくりと歩いて帰ったら、いろんな人に道でばったり会った。こういうのも町歩きの幸せだし、町では人が自然だなと思った。家に帰ってヒロチンコさんが横になったら、いつもは来ないゼリちゃんがヒロチンコさんのそばにぴったりと寄り添っていた。倒れたのがわかるんだなあ、と名犬ぶりに感動。

7月31日

小さな引っ越しの準備のため、逗子マリーナに滞在。

ついていきなり湘南イケメンハウスで新潮社の人たちと合流、海の家へ。チャンターちゃんがバイトしている海の家・松へ行き、夕陽を見たり、ビールを飲んだりしてまったりと過ごす。なんだか夢みたい。それにチャンターちゃんにはもう一生会えないかと思ってたくらいなのに、会えるなんて！　みんなフリスビーをしてへろへろになっていた。それからピザを食べに行き、終電ぎりぎりまでおしゃべりしながら過ごす。このところ「ケイト・モス・スタイル」の本を寝る前においしいお茶みたいに楽しんで読んでいて、彼女のセンスの天才さにどきどきしている私だが、やっとわかった、矢野くんのあり方がジョニー・デップに似ているということが！　ずっともやもやしていることがはっきりしてすっきりした。あまりにひらめいたので大声で言ってしまい、矢野くん恥ずかし、私ひとりすっきり！

8月1日

イルカを見るのは六〇〇〇円くらい、触ったら三〇〇〇〇円くらい、ハグとチュウは六〇〇〇〇円くらいと、まるっきり知っているあれのシステムと同じシステム下で、イルカを触りに行く。なんだかな〜！

でも、チビがものすごく嬉しそうなので、よかった。イルカはごしごしこすっていると垢みたいなのが出てきて、気持ち良さそうにするので、それも嬉しかった。

ゆうき食堂で山盛りのしらすやかつおを食べてから、なぜかじゅんちゃんたちがいるという由比ケ浜に走っていく。浜辺で出会う不思議……そしてそこにいきなり電話で呼びつけられた普通の服装の前田くんがやってくる不思議！

みなでまったりして、夕方別れた。

部屋にいると陽子ちゃんもやってきて、みなでゲームをしたりしてだらりと過ごす。いっちゃんが去っていくのを切なく見送ってから、前田くんをさそってめしやっちゃんと凛花の別庭をはしごした。前田くんがチビとゲームをしている光景を見るのが久しぶりでなんだかじんときた。

8月2日

今日から百合ちゃんが合流。

すごくせちがらいインドカレーの店に車で迎えに来てもらい、雨なのでいっしょに鎌倉散策。

夜は百合ちゃんちでおいしいおそうめんやエビ団子をいただく。舞ちゃんも桂ちゃんもいて、おばあちゃんも今日は参加、にぎやかだった。家族や家族の歴史ってすばらしいな。これ以上に人間が作れるものってないのかもしれない。ひとりひとりの人間を時間をかけ、手間をかけて育むと、その力は千人に広がっていく。

8月3日

晴れた！ので、百合ちゃんと舞ちゃんと陽子さんとゆうき食堂へ行って、刺身やタコやカレーやラーメンを食べまくる。

そしていろいろなことがあった後に、やっとこさ海岸へ行く。

このところ、百合ちゃんと毎年泳いでいる。今年はクラゲが早く、ヒロチンコさんがむちゃくちゃ刺されていた。私も泳いだが、クラゲをかきわけている感じでぷるぷるするし痛いしで、すぐ挫折した。

夜は百合ちゃんのおうちでBBQに参加、母の入院で連絡があれこれ大変でばたばたなのだが、ふと顔を上げると百合ちゃんの家族の笑顔があり、ほんとうにほっとしたし、幸せをたくさんいただいた。涙が出そうなくらい、いいご家族なのだ。

陽子ちゃんが帰ってしまい、淋しいね〜、さっきまでいっしょだったのにね、とチビと手をつないで歩きながら言いあう。夏休みだなあ。

清志郎のロックで独立する本を読んで、溜飲(りゅういん)も下がるし、あたりまえのことをあたりまえと思う人がもはや少ないのだな、と自分の価値観の希少さも大切に思う。同じ苦労を生きてきた人だということを再認識した。

佐内くんは、はじめて会ったとき、なんて自由な心の人だろうといっぺんにファンになったが、女性というものを常に異性がらみだと勘違いしているのか、自由に生きるというのをはき違えているのか、目上の人から差し入れやメールをもらってもめったに返事をしない。なんのために事務所があるんだ、作家のそういうところがダメなところをおぎなうためにあるんじゃないのか？　とだんだん思うようになり、仕事の上でも距離をおくようになった。しかし、この本における清志郎の写真の天才さでいっきょに全(すべ)てを許したくなった。そうか、こうしていっきょに許されることもあるから、どんなにダメでもいいのか、とこれまた納得。まあ、それで叱(しか)ってあげずによしとしてきたまわりも悪いよな。

バカンス中なので頭が腐っていてつい過激なことを書いてしまったが、たまにはいいだろう。そのくらいに、清志郎を撮った彼の写真はくやしいが天才だと思ったからだ。

8月4日

今日はエアコンと冷蔵庫と洗濯機が来る日。

そして成田さんのタンスがやって来る日。

蓮沼さんと成田さんがバンでやってきて、すごく嬉しかった。タンスも当初と位置を換え、机も運んでもらい、やっと部屋がいい雰囲気になる。

ヨドバシカメラの下請けの配送業者さんがやってきて、冷蔵庫も洗濯機も階段の幅がどうだ、カウンターがどうのこうので入らないと言っている。成田さんがすかさず「手伝ってやるよ、カウンターを越えて運べばいいんだろ、男五人いたら簡単だ」とかっこよく言う。しかし先方は「お客さんに手伝ってもらうことはできない、だから、カウンターの手前に置くから、自分でやれ、こっちの人手は貸せない」などと言っている。

自分がせっかく運んできた冷蔵庫が、目の前で人手が足りないことによって、お客さんが落っことしたりして、たとえば壊れても、仕方ない、そうなったら責任は客にあるから問題が起きない、というわけだ。

ヨドバシの人に「あほじゃないか?」と文句を言ったら、「こちらではなんとも、業者さんの会社の責任でして」などと言っている。いやな世の中だね～、分業にしちゃってるから責任のたらいまわし、まあ、それにつけこむ客もいるからってか。そして増員なら今から手配するから三時間待てとか言っている。意味なく炎天下の三時間、外においてある冷蔵庫と洗濯機。男手が意味なく五人、その場でぶらぶらしている。

ほんとにばかみたいな世の中になっちまった……。

自分にはなんの権限も判断もしない、ロボットみたいな変な仕事を毎日汗水たらしてする人たち。持ってきたものの無事やその家庭に家電が入って喜ばれることよりも、責任問題のほうが大事な人生。かわいそうだなあ。

で、結局、カウンターの前までその人らが運んで、成田さんと蓮沼さんとヒロチンコさんで冷蔵庫を入れた。それをじっと立って見ている力のある若い配送の人たち。そのあと洗濯機をその人らがふたりでなんとか運んで、手伝うなと言っているので、みんなでじっと見つめる。

ほんと～にばかみたい。

怒っているのではなく、狂ってるなと思うだけだ。

人生を、助け合ったり、自分で判断したり、決めたり、失敗したりする権利を持っている俺たちはそのあと楽しく浜に行き、夕陽をみたり花火を見たり、あじ平でおいしいラーメンを食べたりしたが、その人たちは責任問題はいろいろ大変だから、クレームをつけてくれるなよと説明して、汗だくで帰っていった。うまい酒が飲めなさそうでかわいそうだ。その仕事に生きがいを求めろというほうがむりだろう。

8月5日

やっとヒロチンコさんをゆうき食堂へ連れて行く。マグロやかつおなど思う存分食べていただく。ものすごい量で今日も感動。てきぱき働き、刺身は常にフレッシュ＆凍ってはいない。

母が入院していて心配だけれど、とにかくやっと取れたヒロチンコさんとチビの夏休み、そして私の時間を今回は優先した。よかったと思う。私も子どもにはそうしてほしいし。鎌倉に行ったり、海に行ったりして、家族三人だけの休日を過ごし、最後はピザを食べにいった。もちろんピザはチビのリクエストであった。私たちは魚が食べたかったけど、チビには負ける。

8月6日

お世話になったフジイさんと、百合ちゃんを招いて3 knotのピクニックランチ。逗子マリーナの近くの芝生で豪華に食べるランチ、意外に暑くなくて、風もあって、子供たちは汗だくでたわむれているし、大人たちも子どもといっしょに遊んで、とても楽しくおいしかった。

フジイさんは相変わらず人生を忙しくエンジョイしていた。耳ツボに置き鍼（ばり）のようなものをする会社もやっているらしく、みな痩（や）せるツボにひたすらチタンの球を置いてもらう。むふふ。

松とパッパニーニョに寄ってから、母の病院へダッシュ。骨折の痛みでかなりかわいそうな状態だったが、やっと眠れるようになったらしくてよかった。喜んでくれたので、少しほっとする。年を取るってとにかく切ないことだけれど、意識があって話ができるので、神に感謝したい気持ちだ。

8月7日

久しぶりの太極拳、疲れがたたって立っていられず、ふらふらする。ヒロチンコさんに至っては立ったまま寝ていた。ムリもない、昨日病院から帰ってきたのも遅かったし。じゅんじゅん先生が並んで手を動かしているだけで、そのものすごさにぎょっとしてしまう。奥が深すぎる、太極拳。そのことが並んで動いてみて初めてほんとうにわかった。そこはフラと似ているかもしれない。向き合って、あるいは背中越しに見ているとわからないところ。

夜はこれまた久しぶりの打ち合わせ。石原さまと壺井さんとMIHOさんとの、極秘プロジェクトを実現させた。嬉しい。MIHOさんと仕事するのは夢のひとつだったけれど、なかなかこれというのがなくって、ずっと秘めていたことだった。どの挿画にするかというのは天から降ってくることなので、自分が決めるわけではないのだ。どういうものを書くかもそうだ。

MIHOさんは私の知っている中でも有数の心がきれいな人で、絵にもその浮世離れ感&浮世のつらさをこの空想世界が支えている感が出ている。

8月8日

カウブックスに行って、うちの小さい巨匠とサイン本を作る。

巨匠はわがままで、すぐえんぴつを投げたり、濡(ぬ)れた手でサインをしたりするので、とっても困る。リトルプレスの価格設定を百五十円にしてよかった。もっと高かったら詐欺だ。

松浦弥太郎さんがいらして、相変わらずすてきだった。あの、独特の身幅（？）がほんと〜にかっこいいんだよなあ。思わずじっと見つめた。

8月9日

お見舞いのあと、マジクエストに。マジこのゲームに飽きてきて疲れたけど、妙な達成感が！　うろうろしている人に謎解きのヒントを聞くと「昆虫の王っていうのは、蜘蛛のことなんですよね〜」とか遠回しなのに実に直接的に教えてくれるのがかわいらしい。

8月10日

飴屋さんの演出する「3人いる！」を観に行く。

観に行く道の全部が、もう舞台の一部だった。陽子さんと道に迷いそうになって、手をつないでるみたいな感じで歩いて行った。台風の明けそうな不思議に晴れた空の下を。

お芝居は、すばらしかった。三人とも演技は練れてないし、セリフも入ってないのだけれど、それでますますあのあてどなく空間に消えて行きそうな、自分と世界の境目がなくなってしまいそうな感じが強調されて、最後はなんだか泣きそうになった。若いっていうことのつらさ、行き場のなさ、確信の持てなさがみんなふわふわと明るく空間に満ちていて、なにがつらかったのかまでわかってきた。ああ、なんだか当時の自分まで救われたと思った。

そしてそれを若い時期をともに過ごした陽子さんといっしょに観ることができたのも、よかった。

8月11日

病院にしょっちゅう行くようになると、どんどん病院に慣れてくる。それが悲しいけれど、病院に働く人たちの偉大さもわかってきて、あまり病院に文句が言えなくなりそう。

夜遅くから近所のりえちゃんとちょっとだけ飲んだ。特になにをしゃべるってわけじゃないんだけれど、近所の人って家族よりもしょっちゅう会うし、意外なことを共有していて、友達よりも友達、身内よりも近しい、不思議な感じ。そういう人が近くにいることを嬉しく思う。

8月12日

母のところに行く。姉がいないので、ものすごく不安そう。ふだんいっしょに住んでいないので、母のふだんのことをなにもしてあげられないのが悲しいけど、深刻にならないで明るく過ごそうとした。にっこりと笑いあったりする時間もあり、よかった。母に入れる人工関節も見た。母もついにロボ母さんになってしまうのか……。

姉と同時に「いつかお母さんを焼いたら、この部分だけ完璧に出てくるんだろうね」と言いあう。切ないけれど、その過程の全てが人生だ。どうせ焼いてしまうのに、なぜ入れるとは思わない。今日が全てだ。

8月13日

母の手術。病室で待っているあいだ、椅子をくっつけてぐうぐう寝ていたら執刀医のホリゲン先生が入っていらして、ものすごく動揺した。手術は成功、ほっとした。

でも先生のお顔や手の疲れ具合が「手術数件やって来た」という感じの独特の集中度を感じさせ、医者って大変だなあと思う。

やがて姉とがんちゃんと父がやってきて、みんなで母を迎える。母は意識もはっきりしていて、痛そうだったが無事でよかった。私も時間ぎりぎりだったし、父も姉もうまく来れるかわからなかったので、最悪のばあい、母が病室に戻って来てもだれもいないということになったわけで、全員がそろったのはほんとうにすてきな偶然だった。

夜はヨッシー（男）とジュディスと出版界に文句を言いながらやけ酒を飲む。といっても飲んでるのは私だけであったが。家族みんなでごちそうになってしまい、ヒーリングも受け、げらげら笑い、おいしいものを食べ、それはそれでいい時間。ヨッシーが「自由がいちばん！　電気のついてない暗い部屋に帰るのが最高！」と言っていて、本気だったし、ほんと、そういう人も絶対いるよね、価値観の押しつけはいけないよね！　と思い、ものすごくおかしかった。

8月14日

さすがに母は痛がって暴れたり、たいへんだったみたいだけれど、病室に行くとしっかりと車いすに座っていた。すごいなあ、人類って。切って、骨をとって、人工関節を入れて、まだ血が出ているのに、もうTVを見て笑っている。八十二歳なのに！

人類のすごさに感動した。

階段から落ちたり、ロープで頭を打っただけでうっかり死んだり（力石〜！）する人もいるのに、こんなことをしても、しっかり生きている人もいる。人生はもはや自分が決めてどうするものではない、そんな気がしてきた。自分の中心線に自分をいつもきゅうっと集めておくだけしかできない。

今日はアラーキーのポラの写真展をのぞいたが、あれだけ女性が目の前で服を脱いでくれる男性は他にいるだろうか？　ギネスに申請できるのではないだろうか。圧倒的な分量にもはや悟りを感じた。ポラでもデジカメでもなんでも、すごいものを撮る人はすごいものを撮るということもよくよくわかった。私がポラでなにを何枚撮っても、あんな写真一枚も出てこなかった。

8月15日

アリがキーボードから出てきて気持ち悪い。しかもごきぶりが足元でこぼれた水をちゅうちゅう飲んでいる。ここは屋外か⁉

でも、こんなにキーボードを歩いていても、ディスプレイに文字みたいに並んでても、アリが原稿書いてくれることはない！　アリが入ってるけどどうですかというのをアップルのコールセンターにも電話しにくい！

小説を書く上での私の最大の強み、そして弱みは、文章の大胆な省略だと思う。頭が悪いからというのもしょっちゅうあるが、まあほとんどは意図的なものだ。比喩の一種と言っても過言ではないし、読む人を選ぶのもそのせいだ。イメージが広りにくい人には読むことさえできないから、実に危険な技法である。しかしそれを使うと、映像で読むタイプの人には考える余地が生まれるし、空間にひろがりができるのでそこで憩えるのだ。

そして私がちょっと集中力を欠いて書くと、ほんとうに手抜きになってしまう。これはほんとうに茶化しているのではなく、私にはとても、春樹先生みたいに、タクシーの中で音楽が鳴って、運転手も変で、なんとなく違和感が生まれて、別次元にスリップしてしまう様子を、あんなふうにじっくりと書くことは一生できない。私だったら、同じことを十行で書いてしまう、そこがマンガっぽいとか言われるゆえんだろう。

しかし強みはそのまま持っていなくては。だれも他の人にはなれないのだから。チビを連れて、お墓参り。私もよく小さい頃、父と同じお墓に来たなあ、そしてお墓を今のチビみたいに無心でごしごし磨いたなあ、としみじみする。

下高井戸の市場付近をうろうろして、きらきらでいきのいい刺身を買ったり、お肉を買った。お盆だし、ヒロチンコさんのママをしのんでほうれんそうのバター炒(いた)めも作らねば。ママがよく作ってくれたんですって。

お肉を買っていたら、チビ「トイレに行きたいかも」私「駅までがまんできる？」という会話をしただけで、聞いていたお肉やさんのおばちゃんが「今すぐ使っていいよ、その扉の向こうはトイレだよ」と貸してくれた。従業員用のトイレは建物の裏の倉庫のわきにあって決してきれいな場所ではなかったけど、なんだかふたりともハッピーになった。

8月16日

蓮沼さんが実家に蓮を運んでくれたので、ワンラブの蓮が見事に実家におさまり、嬉しかった。花は終わったけれど、大きな葉がたくさんあって、夏の感じがある。しばしドライブなどして、和んだのもよかった。

病院に行くと、母が痛い痛いと言っていてとてもかわいそうだが、どうしてあげることもできないので、姉とステレオで「がんばれ！」「そりゃあ痛いけどしかたない！」とうるさくはげましてすごくいやがられた。それでも笑顔が出るだけ母はえらいと思う。

8月17日

林さんと井沢くんと石原さまのイケメンズたちと、明治記念館の広い庭園ビヤガーデンに行く。だれもがかなり長い時間いるみたいだったせいか、トイレに行くと、みんなが酔ってものすごく面白い行動をしているのでおかしかった。友達くらい親しげな女の人もいた。笑顔で私をトイレまで連れて行ってくれて、それじゃあね！と去っていった。

野外、ビール、飲むしかない、この状況がみんなを花見と同じ状態にしてしまうのね。

……という自分たちも酔っぱらい、ものすごくこわい話を聞いたり、乾きものをものすごい勢いで食べたりして楽しく過ごした。仕事ができる人たちなので、話が早くて、なんの遠慮もせずにいろいろなことを言えるので、幸せ。でも井沢くんのこわい話、こわすぎ。

夜の風の感じはもう秋だった、みんな笑って酔っぱらって帰った。

8月18日

野口里佳さんと松本陽子さんの二人展の内覧会。

どちらも男気あふれる作風で、空間を思いきり使っていて、すばらしかった。

野口さん（後輩）の作品のいちばんのすごさは、スケベ心がないところだと思う。決めたことはやる、やれなかったら撮らない、それがどうした、そういう感じ。これと決めたら、これが撮れるまで動かないぞ、みたいな感じ。かといって心の中のファンタジーを写真にしているわけでもない。すごく珍しいタイプの人だと思う。

一方、今日も旅人っぽくそこにいた島袋さんは「もしも今自分が自由だったら」というスケベ心だけでこの世の全（すべ）てを見て全てをどん欲に撮っていこう、という真逆タイプなのだが、そのスケベ心がものすごく上品で、自分を上品な方向性に律しているので、アートになっているというこれもまたほんとうに珍しい作風だ。よくぞいっしょにおられると思う、このおふたり。

佐内くんにばったり会ってしまい、日記のことをぺこぺこあやまる。

そして佐内くんも「夏に井沢さんに会うとあまりにもこわい話をするから、もう会いたくない」とまで言っていたので、やはりみなそうなのか！ と思った。その「もう会いたくない」という言い方がものすごく色っぽく、う〜む、これならこの世の全てが異性がらみと思えてもしかたないかも、と思った。でも、だからこそ、あんなに、この世のどんな男も女も自分の恋人みたいな写真が撮れるんだろうなと思った。アラーキーみたいに撮る方撮られる方互いに憎しみがある感じでもなく、親さんみたいに人間も風景！ と冷たくなれるわけでもないわけだ。

今日は写真のことをいっぱい考えた。

中島さんにも会った。チビは中島さんが無条件に大好きだが、わかる気がする。中島さんの背の高い無防備な立ち姿は、だれもが好きになるようなすばらしいものなのだ。にしても中島さんの健康が心配‼

8月19日

病院の母にマッサージをし、姉に作ったおつまみを渡してタッチ交代、懐(なつ)かしいお店のコロッケを買って立ち食いしながら父に持っていき、時間差家族孝行の一日だった。

地元の街を大人になってから歩き直すと、ひとつひとつの後悔まで消えて行く気がする。そして大人になったらほとんど変わってしまうのだろうと思っていた付近の家々が表札からしてほとんど変わらないのに驚く。自分は十回も引っ越したのに。

8月20日

藤谷くんに引っ越し祝いを持って、フィクショネスに行く。元気そうだし、引っ越しが楽しみそうで、ほんとうによかった。忙しそうだけどキラキラしていた。

チビは「これは昔の写真か、今か、今だとしたらどうしてモノクロのときもあるのか」などというジャンルがいちばん旬の疑問で、今日はついに「この本屋の本は昔の？ それとも今の？」というフィクショネスにとっていちばん危険な質問をくりだしていた。

「あしたのジョー」を見終わって燃えつきる……やっぱり、パート1までで終わってくれたらどんなによかっただろう！ と昔も思ったことを思ってしまった。絵がこんなに魅力的だっていうことがチビのときにはわからなかった。

8月21日

澤くんがメールで「ああ、そこ、家族で泊まったことあるよ〜」以外になにも書いてこなかったので、いやな予感がしていたホテル、やっぱりはずれだった。なんでこんなに山の上にあるのに、山があんなにいっぱい見えるのに、お風呂(ふろ)が地下一階なの？

でももうはずれ宿にも慣れたので、さくさくっと自分たちなりの行動をしておいしく楽しく過ごす。北軽井沢はとても涼しく、クーラーなんて全然いらない。すがすがしい山の空気で心も肺もすっかり洗われた。

8月22日

澤くんと待ち合わせたモロッコ料理店をナビに入れたら墓場で停まり「澤くんとやりとりしてたつもりがたぬきだったのでは？」とこわかったが、単に電話番号で入れたから間違っていただけだった。無事たどりつき、テラスでまったりと過ごす。これまで食べたモロッコ料理でいちばんおいしかった。その国を愛して行き来してないとだめなんだな。

束芋さんのおうちに寄らせていただき、ご家族にもお目にかかり、犬も触らせてもらって、楽しいお茶のひととき。お母さまの作った器は「年に一回くらい、接待で行く、すごいお店でしか見ないな」という器ばかりいっぺんに見せていただき、鼻血が出そうだった。

山の中に住む結束の固い家族……いいものを見た。

目白時代毎日通ったルプティニ2が閉店して、軽井沢に3があるというのを偶然に知って、寄ってみる。懐かしいご夫妻、変わらない味、同じ雰囲気に涙が出そうだった。マスターが私の顔をおぼえていてくださった。最初から最後まで名前を明かさず、十年くらい通った。

澤くんの人生についてみなで語り合いながら、夕方の時間が過ぎて行った。

澤くん、次にいつ会えるのか、いつもわからない。ほんとうはみんなそうなんだな。だからいつも切ない。別れた後チビが「澤さんのことがママよりも好きになりそう」とつぶやいた。そ、そこまで？

8月23日

鉄道の祭典に、愛人たちに会いに行く。鉄道なんて興味がないはずなのに、工作の面白さがどんどんうらやましくなってくる。

森先生は、小説を書くのが減った分、工作は時間をかけていいものを創(つく)るようになってきていると思う。そのうち今はまだばらけているこれまでの経験と知識と手先とアイディアが全部まとまって大爆発するはず。その日は遠くないと見た。

病院にかけつけてから恵比寿へ、あまりにも疲れたので通りすがりのバーで、別の店で頼んだスンドゥブが煮えるまでの十分間、一杯飲ませてもらった。それだけでリフレッシュ！　単なるアル中？　いや、立ち飲みって気楽でいいねっていう話でしょう。

8月24日

イケメンハウスにポストの受け取りに。

のんちゃんたちやフジイさんも寄ってくれて、しばしにぎやかにお茶をする。みんなが帰ってしまい、チビたちも出かけて、し～んとした家の中で家事をして、草むしりをした。

夏の夜の「し～ん」は土肥を思い出させる。私の心のどこかが夏はずっとあの町に住んでいる。あの町に行きたい、いつもの暮らしをしたい。でももうできない。切ない。

ゆりちゃんとしげぽんが寄ってくれたので、肉や野菜を焼いて、ワインを飲み、まだ電気が少ない真っ暗な部屋でくつろいだ。

8月25日

「ポテン生活」が大好きなんだけれど、そのことを日記で書いたら、著者の木下さんからサイン本をいただいた。本にとけこみすぎてわからないほどの地味なサインで、マンガと同じように「ぷっ」と小さく笑ってしまった。

久々にエステに行き、ぐうぐう寝ている間に顔のまだら日焼けを癒していただき、しゃっきりとしながらも遅刻してナディッフでやっている鈴木親さんの展覧会へ。あまりのレベルの高さ、そしてそれを察することを拒む軽やかさに驚く。親さんがいらして、ヒロチンコさんにデジカメの楽しい使い方を教えたり、チビと遊んでくれたりした。あのシャープさ、フットワーク、切り取り方の偏り、そして知性、優しさ、全てが彼の写真そのままで、彼を知れば知るほど深く納得する。

8月26日

ここぺりへ。かつてない疲れ具合で関さんをうならせる。

だれかが心をくだいて、手間をかけて、自分の体を調整してくれることのありがたさよ！　きっとこれまでの人生様々な医療の場面で関さんが貼ってきたであろう絆創膏を足の化膿したところにさっと貼ってくれただけでも、その鮮やかな手つきが嬉しかった。

となりの部屋でがたんごとんと整理整頓をしていたマリコさんがあるとき静かになったので、関さんとほとんど同時に「きっとなにか読み物を見つけてはまったね、もう進まないね」「それが整理整頓というものだよね」と言いあう。

8月27日

茨城へ日帰りの旅。新しいワンコをなでなでして、お散歩など行ったあとで、大海先生と奥さまといっしょに漁師の店に行き、がむしゃらに蛤やほたてを食べる。いきのいい貝をがんがん焼いて食べるのはとっても楽しい。みんな笑顔で、ちょっとのあいだしかいっしょにいられなかったのに、すごく充実した。

漁師の店はさすが漁師だけあって、十八時に終わるのでびっくりした！

8月28日

ホメオパシーのセッション。チビはいつもながらワルだが、いつもよりもほんのちょっとちゃんとおしゃべりしている。成長したなあ、夏休み。

私もいろいろ混乱しながら、現況を説明して帰る。確実に結果が出るので実に楽しい。

イタリアの出版社のインゲさんというおばあちゃんが、夕方にシャンパンを飲むのはほとんど人生の幸せそのもの、と言っていて、そのときの言い方や感じが残っていて影響を受けたのか、今、まさに私はそう思っている。昔はやむなくビールだったけど、今は安くておいしいスパークリングワインが手に入りやすいので、ほんとうに幸せ。

8月29日

蓮沼さんが改装のことで寄ってくれたが、ほぼ同時に藤谷くんがプレゼントのちりとりを持ってきてくれて、「下北変わった本屋さんの店主集合！」という感じでわくわくした。写真撮っておけばよかった！

腰が痛いと知らせただけで、忙しいのにさっと来てくれて、あれこれ言わないで去っていく藤谷くん、ほんとうに男の子らしくてかっこいい！と思う。

そしてだれよりも実は年下なのになぜいちばん年上っぽく見える、蓮沼さんよ！

8月30日

阿佐ヶ谷で須藤くんの器を買い、慶子さんの家へ。

なんだかとっても落ち着く部屋だったので、雨の中まったりと過ごして、イズミルへごはんを食べに行く。夫たちも合流。イズミルのシェフのお姉さんは目が合うとにっこりとしてくれる。いいなあと思った。味も超ハイレベル。これまで食べたトルコ料理の中でもトップクラスだった。

須藤くんに会ったのは、二十年近く前で、彼はまだ十歳くらいだったのではないだろうか。ピアノをひき、両親とおばあちゃんを素直に好きで、とにかく自由だった。ものを創る道以外に進みようがない子だった。私は彼を見て「いいな、子どもって。こんなに自由なんだ」と思ったのがきっかけで、今、同じような感じの男の子がいる。

須藤くんは両親の焼き物のノウハウを見事にひとつにしたかなりいいものを創っている。一見単なるメルヘン調なのだが、ちゃんと見るとしっかりした技術があるので、甘くないのがすばらしい。

夏休みが終わるので、子どもといっしょに泣きたい気分。

でも子どもがいなかったら、夏休みを知らないわけで、この切なさをもう一回人生で味わえてるのはちょっと嬉しいかも。

8月31日

四十五にもなって、もう人に気をつかうのはいやだ、もう自分の体にいいことしかしないと決めて、ファンデーションを使わず、朝は顔も湯で洗うのみ、ローズ化粧水にどくだみとアロエを足したものだけをばしゃばしゃ塗って、自分で作ったオリーブ&ローズヒップ&ヘンプ&ラベンダーのオイルのみを数滴塗り、日焼け止めだけ塗るという毎日を続けていたら、意外にこれまでのいつよりも調子がいい。なんてことだ！

9月1日

蓮沼さんに全生社に連れて行ってもらい、ミーハー気分炸裂で本を買ってもらう。ああ、ここから車でタカシマヤにお孫さんといらしたのが最後の行動だったのね、野口先生！　と会員でもないのになれなれしく涙ぐむ私。

チビに「いくらととびっことめんたいこの違いを絵に描いて教えて」と言われ、苦しむ。そして「こんどからは学校にスナックとジュースを毎日持っていくんだよ」と言われ、おかしが食べたいあまりのうそに決まってると思ったら、ほんとうだった！

9月2日

茄子おやじで矢坂さんと斎藤くんとともちゃんとヨッシーと打ち合わせ。矢坂さんが優しく「ともちゃんは……あ、ごめんなさいね、ついそうお呼びしてしまって」とおっしゃったので、ともちゃんに「じゃあともちゃんもミキちゃんって呼んだら！」と言ったら、「言えるわけねーだろ！」と大学生のときと同じツッコミが返ってきたので楽しかった。

夜はヨッシーと珍しく飲みに行く。いっしょに仕事してる人と飲みに行くの大好きだが、お互いチビがいてなかなかできない。でもたまには必要だなと感じた。ミーティングは全て酒の席でやってわけがわからなくなる、そんな会社にしたい（だめか）。

9月3日

オリエンテーション。チビは車酔いでいっしょに遅刻。先が思いやられるが、先生たちが熱心でよかった。そして子どもたちが園庭から帰ってくると、先生たちがにこにこしてあいさつするのも、嬉しい。

午後は片山先生の道場に遊びに行く。

「ロルファー&作家首が弱い夫婦」が「夏バテ整体一家」の道場破り！ という雰囲気ではなく、和やかでみんな理解しあえて、たまにうたた寝したりして、なんだかいい感じだった。みなさんが数年で大きく成長されているのと、それでもみなさんが実年齢よりも十歳若いのがすごいと思った。奥さまのお肌の半透明な様子なんて、どんな化粧水よりも気のめぐりだ、と思わせられる。

ヒロチンコさんも、ふだんやっていることをみなさんがわかってくれるので、幸せそうなのがなによりも嬉しかった。

私も片山先生の整体をちょっと受けたが、そのキレ、速さ、動きの美しさ、判断の的確さ、かといってそのことを大げさにどうこう言わない態度、全てがほれぼれだった。やはり天才&経験だ。

低く置いたざぶとんを「今だ」というタイミングですっとはずす様子を見て、こんな薄いものをこんな短い時間置いても、的確ならば意味があることに愕然として「いつも気づくとまたの間に犬が寝ているのは、体に影響があるんでしょうか」と聞きたかったけど、ばかばかしいのでやめた。いいはずはないっていうのだけは、わかっているのだ～！

9月4日

太極拳。じゅんじゅん先生は冴えに冴え、いっしょにランチに行っている間も面白く的確なことを連発していて感動した。どこにいても変わらない大らかさ、どっしり加減、やはり達人は違う……。昨日の整体の力で、私たち夫婦にも丹田の位置がよくわかり、太極拳が楽しかった。

夕方はロルフィングを受ける。すごく変な夢を見て金縛りにあう。久しぶりに体から出た感じになってびっくりした。ホメオパシーの影響か？ 整体でゆるんでなにかが出たのをロルフィングが後押しか？

いずれにしても夜にはかなりいい状態になっていて、体と心の関係や、そうした数々の試みに大きな意味があることがわかり、幻冬舎から出る健康の本、取材がんばろうと思った。

9月5日

これまで、Ｃｏｃｃｏさんのほんとうのすごさ（すごいとはもちろん思っていたけれど）がいまいちわからなかった私＆前に絵本の帯を書いてご本人にボツにされちょっといじけていたのだが、「Ｐａｐｉｒｕｓ」のインタビューとごはんの本を読んで、ああ、そうなのか、わかった！　と思い、なにかが私の中でぴったりとはまり、離れたところからでも心から応援したい気持ちになった。すごい才能があるのはもちろんわかっていたが、それだけではなくなにかが心の中で触れ合った。この瞬間はどんな恋よりも幸せだ。あの生き方は私にはできないし、先方も私をどこかインチキだと感じるのではないだろうか。それでも、なにかを共有している。人類ってすばらしい。

9月6日

姉がチビを「男にしてやる！」「ビジョンクエストだ！」と言い、お化け屋敷に行く。

まず四人では入っちゃだめと言われたので、どういう組み合わせで行くかでけっこうもめた。結局私と陽子さんが抱き合って騒ぎながら入った。最近のお化け屋敷はおどかしの連続ですごく疲れる……。チビははじめ泣きながら、姉に抱えられるようにして血の妖面屋敷にずるずる引きずられていき、係の人も「大丈夫ですか？」と言い、かわいそうに、あんなにしてまで、と周囲の人たちにも悪い意味で大反響だった。出たときもあまりにチビが泣いているので、並んでいる人たちが「あんなにこわいのか」とおびえて宣伝効果爆発！

しかし出てからのチビは足取りも軽くすがすがしく、交感神経が優位になりすぎたためにぜんそくも治っているし、ストックホルム症候群で「いっしょにお化け屋敷入ったら、さわちゃんのことがなんだか大好きになっちゃった」とか言っていた。突っ込みどころ満載の吉本家の教育だ……。

9月7日

成田ヒロシさんと蓮沼さんとたかつなさんが改装の工事をしてくれているので、イケメンハウスに向かう。鯵(あじ)など買って。

柵(さく)がだんだんできてきて、デザインもすばらしいし、電気のかさも希望通りで、もうほんとうに技術のある人ってすごいし、センスがあるってすごいと思った。

お金のためじゃなくて、その家の人のために、そして仕事そのものを悔いなくするために働いている人たちを見るのはほんとうに気持ちがいい。何回かぐっと泣きそうになった。

金属に穴をあけたり、板を加工したりするひとてまのかけかたを見ると、楽しようとしてないことがひしひしと伝わってきた。

9月8日

陽子さんと待ち合わせて電車で今日もイケメンハウスに。

工事がどんどん終わっていくのがちょっと淋しい。

最近の風潮だと、大工さんが家にいるとき、ちょっといやだな、と思ってしまう。知らない人がどかどか庭や家に入ってきて、どういう人たちだかわからない。でも、この人たちはいつまでもいてほしいくらい頼もしかった。

ゆりちゃんが寄ってくれたので、いっしょにサンシャインプラスクラウドまでドライブ。二代目オーロラシューズを買おうとしたら、なんと二ヶ月待ち。いい靴だから人気が出ちゃったんだね。私は一代目を十年はいて、あまりにものすごくぼろくなったので捨ててしまったが、捨てなければよかった!!

成田組と焼き肉を食べて、お別れ。かっこよく生きるって可能なんだ、と思わさせられる人たちであった。仕事というのは、お金がほしいからではなくて、できるだけ自分に恥ずかしくないようにベストをつくすものだ、と再確認した。

9月9日

チビと親さんとプレセールに行く。

マルタン・マルジェラのコートをつい買ってしまった。その間、チビは服の山の中で親さんとかくれんぼや追いかけっこをして、思いきり遊んでもらっていた。親さんの行動力はもはや日本人ではないな。フットワークの軽さで人生への姿勢がわかる。でも、自分はおしりがとにかく重いので、動きは遅くてもせめて確実に動こうと思った。

ジンギスカンを食べていたら、チビが疲れ果ててがくっと寝たので、ヒロチンコさんがかつぎだすように店を出たら、アイリーンちゃんにばったり会った。チビのあまりの意識不明ぶりに大丈夫ですか？　という顔をしていたけれど、ただ寝ているだけなんですよ、お恥ずかしい……。

アイリーンちゃんたちカップルは、見た目はものすごく美しくおしゃれで可憐なふたりなのに、いつ見てもジンギスカンやホルモンや焼き肉を食べていて、そのギャップがなんとも言えなく魅力的。いつも肉関係（肉体関係ではない……）の店の前でばったり会う。アイリーンちゃんがまっすぐに笑顔で、彼氏がちょっとはにかんでいるけど落ち着いていて「ああ、いいカップルだなあ」と思う。

9月10日

大内さんがただでチネイザンをしてくれるというので、ほいほいとYON-KAに出かけていく。

チネイザンとYON-KAのゴッドハンド西川さんが最強のタッグを組んで、トリートメントのコースをやるっていうので、実験台になったのだ。正直に言って、これはお得。どうせ私が宣伝しなくてもすぐ埋まると思うけれど、大内さんもしくは一期生にチネイザンを受けられるなんて、なかなかないチャンスなのに、噂（うわさ）の西川さんの手技を体験できるなんて、知らないと損くらいだと正直に思った。

プレスの山田さんとは十五年前に、彼女がまだ読者だったときに道でばったり会ってお話したことがある。おしゃれで、目がきらきらしていた印象をおぼえていた。こんなふうに会えるなんて作家冥利（みょうり）につきる。読者が好きな仕事についたり、お子さんを生んだり、その人生の過程に私の本が寄り添っている、それほど嬉（うれ）しいことはない。

そしてYON-KAの武藤さんのお肌はきれいすぎだ！　説得力ありすぎ！

9月11日

ひたむきに親と過ごす一日。お父さんをなんとか病院に連れて行き、お母さんに会わせたり。車いすの取り回しとか細かい気配りとか私には向いていない。でも、話を聞いたり、顔を出したりすることはできる。向いていることもやりながらも、向いてないことから逃げないのは大事だなと再確認。

清志郎の個展に行き、なんとなく涙目になりながら帰る。人一人が生きて死ぬというのは遺された品だけを見るととても切ないことだが、その人がもういないけれど作品が残っているということは、やはり生きているのと同じことなのだと思う。清志郎のスピリッツというか、勢いというか、筋が通った感じは決して消えていなかった。

9月12日

アッキアーノももうすぐ終わってしまうので、じゅんちゃん、りさ、陽子と味わっておこうの会をする。ワインもたくさん飲んだし、おいしいと思ったものをみんな頼んで、悔いはない。このお店でいろんなことがあったなあ、としみじみする。お別れはいつも淋しいけど、また会えるし、幸せな閉店なのでいいや。

明さんはどんどん料理の腕を上げていって、三年前とは別人みたいだった。自信がついて顔も変わってきた。いいなあ、成長していく男の道だ。

9月13日

朝からチビともめながら、フリマへ行く。いたずらと乱暴ばかりで悪いったらありゃしない！　男の子はありあまっている。

なんと「じゅんとネネ」のネネさんが、タロット占いをやっていらしたので、観てもらった。なかなかよい結果でふたりともにこにこした。ネネさんは確かにあのネネさんであった！　いい年の取り方だなあ……そして声がすてき、やっぱり。

蓮沼さんとソーダアイスを食べたり、ビールをちょっとずつ飲んだり、セネガルのオクラシチューを分けっこしたり、芋ようかんを食べたり、陽子さんも私も満腹になった。身近にあるお祭りっていいなあ。いつもの風景が違って見えるし。今度フリマに出ようか、と陽子さんと真剣に言いあう。売るものがない……服？　バッグ？　サイン本？　占い？　フラのみんなにシュシュを作ってもらって売りまくる？

9月15日

森先生と対談。かなり深い話ができたと思うけれど、説明がむつかしいことが多い。森先生はさすが元助教授で、説明がものすごくうまいので、助かった。

ごはんを食べに行き、なんと、カラオケへ！

今でも夢だったかと思う。森先生をついに歌わせた（？）ときには、小西くんと涙を流して手を取り合った。ご本人が言うだけのことはあり、ものすごくうまかった。ふふふ、うらやましいだろう、みんな！　もう二〇一九年まで歌わないそうだ。

カラオケの選曲ってその人が全部出るから面白い。二曲で完璧にわかる。初対面の林さんやモンガーさん（21エモン？）も小西くんもヨッシーも、数曲で長年のつきあいのような気持ちになった。

9月16日

最近手の感覚が鈍く、まるで道具のようにしか思えなかったし、うまくものをとり回せなかったのだが、ここぺりに行って手をほぐしてもらったら、手がいろいろなものの感触を楽しんだり、なにかをこねる過程そのものを楽しく思えたりする感じをやっと思い出した。

でも、道具扱いされてる期間だって手はちゃんと働いてお弁当を作ったりしてるわけで、体はえらいなあ、もっと大事にしてあげたいなあと思う。

チビとパパが「どうぶつしょうぎ」（幻冬舎から出ているのを送ってもらった。すごく楽しい上に私の知的レベルにぴったりの駒数！）をやっているのを見ていたら、駒を隠したり、都合が悪くなるとわざと盤を揺らしてみたり、雀鬼がいちばん嫌いそうな（将棋だから違うか、いや、きっと共通だ）態度でのぞんでいた。「3月のライオン」三巻も出たばかりだというのに、これではいかん！　零くんにも嫌われてしまうぞ！

9月17日

ルチアーノ・エンメルくんが亡くなった。九十一歳だった。

私のボーイフレンドの中でも最高齢だった。どこにいても好き好き、つきあってくれと言ってくれたのは八十七歳くらいまでだったけど！　最後に会ったのはミラノの記者会見のときだった。こちらから出てくださいと誘導されて、ちょっと待って、エンメルくんに挨拶してないからと言って戻ってハグして別れた。戻ってよかったな、と今思う。あれが最後。

彼には障害のあるおじょうさんがいるから、絶対死ねないと言っていた。元気で長生きできたのは、その力だったと思う。おじょうさんがこれからも幸せに無事に生きていけますように！

ご高齢なのにいつもシャープな意見を言い、ひとりで行動し、最後まで映画を創ると言っていた。彼にしか撮れない映像の感じというのがあり、魔法のようであった。すばらしい才能を持つすばらしい人だった。さようなら。

9月18日

久々にベイリーくんと啓子さんに会い、家族みんなでさくらさくらでたくさんごちそうになり、自分たちのあつかましさに冷や汗が出た。ほんとうにおいしいごはんって少しだけ食べたいなと最近思うが、その気持ちをちょうど満たしてくれるすばらしい量の和食コースだった。

おふたりの温かい心や真の意味での健全さを見ると「人類っていいなあ、これでいいんだよなあ」と自分が間違っていないことにほっとする。仲間を創り、家族を創り、失ったり得たりし、仕事をし、人々となるべく前向きにつながり、困難には燃えて立ち向かい、生きて死んでいく……それがきちんとできれば、人は心の地獄に落ちることはない。

帰りにおうちに寄らせていただき、秘蔵の常盤をいただきつつ、なぜかジェンガをやった。チビが意外にうまいので、ジェンガがこの世でいちばん苦手な私がやはりびりっけつに。

9月19日

せっかくネネさんに会ったんだから、自伝を読もうと思って「熟女少女」を取り寄せて読んだら、感動してしまった。文庫化してほしいな～！ 七十年代イギリス＆八丈島＆マウイというのを見ると単にヒッピー的人に思えるけれど、その前に芸能界の最前線にいらしたわけで、あのような心の純粋さを保つなんてすごいことだと思った。木と会話をするあたりなど、すばらしい本だった。占ってもらったとき、いい結果になったとほんとうの笑顔を彼女が見せてくれたのがわかった。あんな笑顔を作れる大人でありたい。

いっちゃんと天ぷらを食べたり、ニューアクエリアスに柚子(ゆず)こしょうをいただきに参上！ してお洋服を買ったり、平和な土曜日。渋谷は混んでいた。信じられないくらいに。

もう人ごみに出られないほど、のんきになってしまった私だ。

チビもあまりに人が多くてびっくりしていた。

9月20日

ロケッティーダのくだもの展に行き、洋梨を買いまくる。おいしかった〜！！！　期間限定の洋梨の器などもゲットした。

タイラさんもミントンさんも元気そうだし、家族（猫）も増えていた。猫の散歩をさせてもらって、とても幸せであった。うちの猫なんてひもをつけただけで殺されるくらいの騒ぎだったのに！　なぜこの家のたまごちゃんは普通に犬みたいに歩いてくれるんだ。車の下に入っちゃうところが、さすが猫だ！

江東区大島の商店街を見てチビが「この町はおじいさんとおばあさんが世界一多い町だ」と批評？　していた。

夜は親孝行の旅へ。お父さんに一瞬会い、病院へ行き、母に会い、病院の近所の祭りに行ってみた。幼い頃親友と毎日通った祭り……まさか子連れで来るとは思わなかった。そして親が元気でなくなる日が来るなんてもっと思ってなかったなあ。でもなんとなく思うのだが、未来の私がその切ない気持ちを過去に送っていたから、私はこういう作風になったんじゃないかな。

9月27日

店長のお墓参り&しのさんちで宴会。由美ちゃんが店長の墓石を数回なでたとき、ぐっときた。みなみちゃんがぶきっちょに（ここがまた泣かせどころで、器用にさくさくやらないからますますじんとくるのだ）連絡係をやってくれなかったらなかなか会えない関係で、ちょっとおっくうな感じなのに、会うとみんなで同じ空間にいたリズムが一瞬でよみがえり、会話がはずむ。他で会ったら決して仲良くならなかったかもしれない人たちでも、いっしょに働いたことでわかりあい、許しあい、まだ楽しく会える。沖縄からかよちゃんも来て、いっしょに働いていたとき笑いすぎて何回もお茶が運べなくなったあの鋭いツッコミを久々に堪能。あの才能は、いったいどうやってつちかわれたのだろう！

ホクレアに乗っていた唯一の日本人女性かなちゃんが、あんな小さい船の上にみなで何ヶ月も暮らして、もめたり大嫌いになったりしないのか？　と聞いてみたら、「自分も含め、みんなダメでも許せるお兄さんやお父さん、できの悪い妹みたい、家族だからしかたないなって思うようになった。海だから逃げ場がないし、そう思って受け入れるしかないとなると、案外みんなできるし、いやな気持ちをためない」と言っていた。そんな極限状況で働いていたのではないが、とても似た気持ちになった。同じ船の上で、一定期間運命を共にした人たち。お母さんのおいしい家庭料理をいただきながら、すごい改装による居酒屋のような内装の中で飲んでいたら、どこにいるのかわからなくなる。チビも「店みたいな家だね！」と言っていた。

9月28日

日本一タフな女ちほが来ていたので、打ち合わせ。いっしょに「ＭＩＳＳ」で連載をやることになって、超楽しみだ！編集長の内山さんと担当の河田さんとヴィジョンを確認しあい、みんなで仲良くハンバーガーを食べる。結束も固く、いい感じ。

そのあとはちほとチビとヒロチンコさんとぶらぶらしたり、家でお茶をしたりしてなんとなく過ごし、あっという間に夕方になったので、たかちゃんとかなちゃんとの宴会へ。三茶にある、そのいつも混んでいるさんじゅうまるという有名な居酒屋さんの店長さんはなんと昼は美容師さん、夜は店にはりきってやってくる。地元を愛し、地元の漁師さんと提携してすばらしいお魚や銚子の郷土料理を出している。もうけ以外のコンセプトで心からお店を愛している人なので、気持ちよく食べたり飲んだりできる。

たかちゃんとかなちゃんとちほちゃんはみんな仕事の上でいろいろな経験をしてきたので、基本の土台が同じ感じがして、普通に話し合える。といっても私は深く素潜りしたり、船に乗って旅をしたりできないへなちょこだから、入れてもらえてありがとうって感じだけど。

もうけ以外のコンセプトで生きている人たちが、普通にいいお店で集う、たったこれだけのことが困難な時代になってほしくないなあ。

9月29日

アリシア・ベイ・ローレルさんと対談。

私の子ども時代のアイドルなので超どきどきだったが、たまたま着ていったアリシアTシャツを、なんと彼女もまったく同じ色柄で着てきたので、ペアルックで幸せ気分に。撮影はおじぃだし、インタビューは川口さんだし、ずっとメル友だった藤井さんがいるし、仕事とは思えない楽な雰囲気になってよかった。

アリシアさんはコミューンライフが長かったから、動きが軽い上に、バッテリーがなければ代わりを持っているし、CDを開けようとすれば小さなハサミなどさっと出てきて、ああ、そうか、この人がひとりいれば、かまどもできるし自分で子どもも産めるしヨガも畑もテントも音楽もダンスも魚釣りもなんでもできるのか、と愕然(がくぜん)とした。人としての強さって結局そういうことなのではないだろうか。彼女の目の中には真の穏やかさと自信があった。悔いない人生を生きている人の目で、長い間尊敬してきてよかった、確かな人だった、とますます自分の人生観が固まった。

彼女の新しいCD「次の世界へ」を聴いていると、親が死ぬことや自分が死ぬことへの恐怖が薄らぐわけもわかった。

サイキックと真にヒッピー的生き方をしている人は、現代の僧侶そして良心なのだと思う。世界のあちこちで鎮魂をしているように思う。

ハワイに出発する人だれかいないかな、いたら挨拶しよう、と思ってフラスタジオに行ったら、なんとクムとくりちゃんとあゆちゃんとJr.ちゃんとれいこママがローソンから出てきた！　アリシアに会いたいわ〜、とクムが言い、ヨッシーがダッシュで声をかけてきてくれて、なんとおらがクムであるところのサンディーとアリシアさんの再会まで見届けることができた。

クムはへとへとなのにキラキラ輝いていて、柔らかい感じだったのでよかった。

クリ先生は「そのTシャツ、クムが着ると胸のところが妙に立体的なもようになるんだろうね～」とか「基本的に同じタイプのふたりだね～、毛が長くて、歌うし」と緊張に満ちたウニキ前とは思えないゆるい発言をつぶやいていたのでこれまた安心。あゆちゃんは今日もさっそうとベンツを運転し、リアル峰不二子だった。

トップダンサーたちに会うと、ついうきうきしてはしゃいでしまうんだけれど、ほんとうにダンサーってすばらしいなと思う。立ち姿、笑い方、動き方、みんな輝きにあふれている。常に進んでいこうという感じの気合いがある。私もダンスはともかく小説はそうありたいと思った。

藤井さんがいっしょにサンディーを見送りながら、「なんで僕たち、今、いっしょにサンディーを見送ってるんでしょうね」と言ったのが最高に受けた。

夜は毎日新聞の集い。米本さんと重里さんを見たら、一気に「連載だ！」という気分になり、嬉（うれ）しくなってきた。みんなでおいしく焼き肉を食べ、やるぞ～！　みたいな感じになる。石原さんが底でずしっと支えてくれているのも大きい。この仕事をしてきてよかったな、と思う。引っ越しほやほやの舞ちゃんも気合い充分でたのもしいかぎりだった。絵を描く人が「お仕事ですから」という感じではなく、人生の一部を分けてくれると、小説がぐぐっとまた動き出すのがわかるのだ。

9月30日

洋子からメールがあり、すぎさんが危篤だという。

すぎさんはおっとりしたものすごくいい人で、いつも親切にしてもらった。高校の同級生だ。ふたりめのお子さんが生まれるときに会ったのが最後。メールのやりとりはたまにしていた。一個もいやな思い出がない人だ。

すぎさんはものすごく早くに結婚した。そのことと、彼女のおっとりした色っぽいしゃべりとか、毛深さやくせっ毛やかっこいいパパなどがあまりにも特徴的だったので、私が属していた、洋子がいたほうではないもうひとつのグループでは「なによ、あの人、ちょっと変じゃない？　無視しよう」みたいな流れがあった。

私は、そのとき表面的に調子を合わせた方がいいかな？　とちょっと考え込んだが、すぎさんはなにも悪いことしてないから、と思い、断固としてすぎさんと過ごすのをやめなかった。そうしてよかった、ほんとうにあのときの自分よありがとう、と今しみじみ思う。まわりがどう思うかではないのだ。私は声を大にして「すぎさんはなにもしてないじゃない！」とも言わなかったし、ただ好きなものを好きなままでいただけだったけど、それってものすごく大事なことなのだ、とあらためて思った。

10,1－12,31

10月1日

天草へ。プロペラがぶんぶん回るイルカの絵のアマックスに乗って。熊本の空港ですでに馬刺やラーメンを買いそうだった私、あぶない。昔の彼氏がやっている会社の和菓子などを発見し、せめて共に撮影したり。元気そうでうまくいってそうでよかった。そういうことって、なによりも嬉(うれ)しい。

志岐八幡宮に行き、正式参拝。宮司さんの宮崎さんが、じいちゃんの名前が記してある石版を見せてくださったり、吉本造船所のあった場所やじいちゃんの家があったところなど教えてくださった。なんだか切ない気持ちになった。ひ孫を連れてきましたよ〜という感じだ。そのあと富岡城に行き、すごい景色を見たり散歩したりした。すぐそこに長崎が見えているのにここは熊本県、不思議な感じであった。

五足のくつで宿泊。この場所にしては高いのかな？　と思ったが、手間のかかりかたを思うと、全然高くない。お湯もすばらしい。疲れがどんどん出ていくのがわかる。ごはんもすごくおいしい。そしてライブラリにあるスピリチュアル＆ビジネスな本の数々。あまりの不思議な品揃(しなぞろ)えに驚いて釘付けになってしまい、みなしみじみと読書しながら一杯飲んだ。

なんていういいところなんだろう、天草って。信じられないくらい。こんなすごいところが自分に関係ある土地だなんて、夢みたいだった。

10月2日

雨女がいる&昨日の夜チビとお風呂で「晴れますように、それがむりなら、一日で雨をまとめて、最後の日は晴れにして」なんて言ったのが悪かったのか、天草始まって以来の大雨になった。階段も坂も滝。車の前が全く見えない&水没しそう。

でも渇水で困っていたそうなので、よかったのかも。

やけくそでどしゃぶりの中イルカショーなど見るも、全員びしょぬれ。

ほとんど一日、ジャスコでぶらぶらしたり、温泉でじいさんばあさんと水戸黄門など観て過ごしてしまった。これまで地方にある巨大ショッピングセンターを憎んでいた私だが、その意義を痛いほど知ってしまうことに。

しかも最終的には「あとぜき」という言葉も覚えた（戸をしめてねの意）。

そのまま、夜には蛇の日寿司でうまい寿司を食べてしまったので、もしや、遊びに行っただけ⁉

でも、橋を渡って上島に行ったら、下島の神秘的な独特の磁場が消えてさっぱりとした土地になったのがわかったりしたので、やっぱり意味ある一日だった。

10月3日

二江のイルカウォッチングに出発。

昨日天候不良で中止になったので、早起きして、今日こそは！　とがんばる。

船酔いがいつもひどいので、それを覚悟してブルーな気持ちだったのだが、船が沖に出たとたん、わけのわからない楽しさが襲ってきて、血が騒いだ。これはかりは本能としか言いようがない。この島の船大工の血筋！

今までいろいろなイルカに会ってきたけど、こんなに楽しいイルカウォッチングは初めてだった。イルカがほんとうに人間をこわがらないで楽しそうにしている。この信頼関係を築くのに何代もかかったという。イルカのいやがることはとにかくしないで、共存してきたのだそうだ。そうしたら今、イルカウォッチングがはやって、イルカが経済を助けてくれている。それが手にとるようにわかり、感激した。すぐそばに来てくれるし、目も合うし、向こうもこっちもチビを連れていたりするし。

恵丸の船長さんがものすごい勢いでイルカの群れを追いかけていくので追い込み漁？　と初め思ったけれど、どんなスピードで迫っていってもイルカは全然逃げない。

そこもよかった。数頭の背中が並んで浮いては沈むあのすてきな眺めがすぐそこにあった。

天草のおばあちゃんはみんなあたりが柔らかく、しなやかな感じの人ばかりで、自分のばあちゃんを思い出した。謙虚な感じとか、控えめな感じとか、しゃべりかたが静かな感じ。

それから猛然とじいちゃんばあちゃんの墓参りにみなをつきあわせて行く。とても景色のいい場所のお墓で、きゅんとした。親の分までなにかをやりとげた感あり。

みんなで亀島を眺めてゆったりしていたら、ああ、ここで自分の先祖は生きていたのだという実感がこみあげてくる。いい場所だった。昔から、急な坂の上に墓があって海が見える映画の数々を見るたびに異様に胸が騒いだのは、DNAだったのか？　あのすばらしい五和御領のあたりから次第に町へ出て行かざるをえなくなったじいちゃんは切なかっただろうなと思う。

寿司とちゃんぽんを両方なにがなんでも食べ、空港でもからすみや明太子を（何の関係もない福岡で）買いまくり、帰る。

古浦くんの頼もしい運転、加藤木さんの静かな行動力、いっちゃんとチビのかわいかけあい、ヒロチンコさんの真摯（しんし）な協力でたいへんに恵まれた取材になった。父のふるさとの湯につかりながらチビと「しあわせだね〜」と言いあったことも一生の思い出。

天草は特別なところだ。悪かった体調も疲れ果てていた精神状態もすっかり元に戻ったし、いやな人がひとりもいなかった。癒(いや)されるという言葉では追いつかないくらい、すばらしいところだった。

あの有名な奴寿司のおじさんさえも、あんなすごい寿司を出すのに気取らずにみんなにみかんを持てるだけあげると箱からごろごろ出してくれた。チビには「シャツを出しな」とシャツいっぱいにみかんを載せてくれた。

ばあちゃんの実家の人たちは、急に家のわきで墓参りをはじめた不審な私たちにいやな顔もせずにオロナミンCをいっぱい抱えてきて、持っていきなさい、と一本ずつくれた。

ほんとうに行ってみてよかったと思う。

10月4日

今日は今日とて旅の空、日帰りで山梨へ。

ギャラリートラックスと須玉歴史資料館へ、木村二郎さんの遺した作品を観に。

と思ったら、いきなり朝CDを聴いていた、そのすてきな声のまんまの原田郁子さんとばったり会った。お互いにやりとりはあっても会ったことなかったので、「どこかでばったり会おう」と言いあっていたのだが、まさかこんな遠くで！

クラムボンの面々と笑顔で別れ、ハンモックを買い、展示もばっちりと見て、犬とたわむれ、バトミントンをし、えつこさんとトラックスに住んだりバイトしてる子らと、ピザを食べに行った。

十五年ぶりに訪れたトラックスにはもう二郎さんはいないし、当時いっしょに行った友達を私は悲しい形ですっかり失ってしまった。でも時は流れていいのだ、だってチビもいるし、ハンモックの店の家のチビたちもそのときはいなかったし。えつこさんは昔よりも強く優しく自由になっていたし。トラックスも育ち、みなが立ち寄って憩（いこ）っているし。

蓮沼さんと陽子ちゃんとチビとで、帰りに温泉に寄る。ぬるいお湯なのでむちゃくちゃ長湯ができる。見上げるとぴかぴかの満月で、空気はいいし、陽子さんもにこにこして男湯をのぞいているし、なんだか今日も一日夢みたいだった。

10月5日

うちの器をがんがん持って、ともちゃんのお料理撮影。

朝日新聞出版から、ごはんの話ばかりの本が出るので、そのグラビアのため。アクアちゃんもライブをやったという洗足池近くのフキラウカフェをオーナーのご厚意で貸し切らせていただき、ベテランの小林カメラマンを迎え、コロッケや餃子などかなり茶色な撮影。

デジカメが普及する前にはこうして微妙な調整をしてもできあがりがわからなかったのだなあ、とベテランの「できあがり映像をもう見ている撮影」に納得。スタイリストさんやアシスタントさんもさっと動いててきぱきと撮影は進んだ。

ともちゃんは、静かで落ち着いているが確実で、絶対に人に面倒なことをやらせず、あがらず、てきぱきしていて、立派だった。同級生が仕事すごくできるのを見るとほんと感動する。

ちえちゃんはみごとにサポートしつつもたまに、ここには書けないようなものすごい毒舌なつぶやきをぽつっともらしていて、面白すぎた。

矢坂さんと斎藤くんも生き生きと現場にいてくれたので、楽しかったし、撮影の合間に洗足池を一周しちゃったりもした。ほんとうにいいところだった。なんで急にあんな池が出現するのか、周囲の環境からしてびっくりだ。

完璧(かんぺき)な味と見た目のコロッケと餃子を、みんなで仲良くいただいて、解散。写真ができてくるのが楽しみだ……。

10月6日

ついに出たプリファブ・スプラウトの新譜。

待って待って待ちこがれていたパディのすばらしい声……はじめはいつも通りだわ、と思うんだけれど、聞いているうちに麻薬のようにどんどんよくなっていく、新しい世界、美しく知的な考え方、感傷的な甘いメロディ、ほんとうに彼の声と歌詞と音楽は奇跡だと思う。飽きることは決してない。どんどんひきこまれて、体にしみこんでくるようだ。

も〜！ ほんとうに嬉しい！

たかさまといろいろ話しながら、お茶をしたり、踏まれたりする。

よく知らぬ異性と奥さまが急に帰ってきて、子どもの前で急に奥さまが異性にがす踏まれ、そこにだんながいきなり帰宅！ お手伝いさんがとまどっているのがおかしかった。そんな気持ちをよそに、腰痛がすっきりして私は幸せ……みんなでタイ料理を食べに行った。

たかさまがどこをどういうふうに本気で思ってくれていて、どこをどういうふうにはげましてくれ、どういうふうにわからせようとしてくれているのか、みんな伝わってきて、それだけでもありがたくて元気で生きていこうと思う。人生でしか返していけないから、お話の聞きがいもあるというものだ。

10月7日

下町方面に親孝行の旅。

病院に行ったら、こわい整形の番組にチビがくぎづけになり、姉にしがみつきながらもTVを見つめ続け、姉も母もそれを見て大笑いしていたので、よかったと思う。整形がではなく。なんといってもあの特番はチビがこの世でいちばん興味ある番組をふたつつなげたものだったからなあ。

父のところに寄り、チョコを買ったり、天草のおみくじや石を渡したりする。とても喜んでいたので、よかった。

10月8日

亀(かめ)の病院へ。くちばしをけずり、薬をもらい、すくすくと育つ八歳のチビちゃん。

亀ってどうしてこんなにかわいいんだろう、といつも思う。呼ぶと出てくるし。ごはんをくれっていうし。家に帰ってくると歓迎して出てくるし。超かわいい。

蓮沼さんが奮闘して「ハンモック2000」の柔らかいハンモックをついに部屋につけてくれたので、落ちるのは時間の問題という感じだけれど、みんなで乗って楽しく過ごす。小さい頃いつもハンモックが部屋の中にあったので、懐(なつ)かしい感じ。

森先生に自慢したら即座に「両端はどこにつけているのか」「体重以上の負荷が金具にかかるので注意」など専門的な意見がかえってきてさすがだと感心。

みんなでカレーを食べて、解散。明日の荷造りをしなくちゃ。どろなわだ！

10月9日

ハワイへ。

なぜかおおぬきちゃんといっしょの飛行機だったので、仲良くホテルへ向かう。チビのセクハラを受けても全く動じないその男らしさよ。

ちほと合流して、なんとなくお好み焼きやに行ったら、なんと昔の知り合いがやっていてびっくりした。すっかり黒くなった彼を見て、年月を感じる。

ビーチに行くもあまりにも眠くて、がくっと寝てしまう。はっと目が覚めたら、全員が浜辺にうちあげられた浮浪者みたいに服のまま ぐうぐう寝ていて、他の人たちが指差して笑っていた。もともとハワイにいるんだから時差ぼけがないはずのちほちゃんまで寝ていた。そしてすっきりと目覚めたチビは驚くほどよく波と遊んでいた。

夜は三奈ちゃんマミちゃんじゅんちゃんと魚の店で寿司。ビーチウォークの新しいお店。ダンサーたちはどこにいても姿勢がよくっていいなあ。

部屋に戻ってちほと軽く飲んだり、食べたり、おしゃべりしたり。

こんな時間が後から思うといちばん幸せなのかも、という感じで普通にいっしょに暮らしていた。

10月10日

買い物をして、ワイキキシェルに。リハの真っ最中でみんなよれよれだった。いつものフラの人たちがハワイにいるので、なんだか夢みたい。

クリ先生もいて、なんだか落ち着いているので、きっと無事に試験をクリアしたのだな、と思った。

それから久しぶりに会ったマリ先生が当時の百倍くらい美しくなっていたので、重ねた年月全然なまけていなかったのだな、と感動する。あまりに感動して、泣きそうで、話せないくらいだった。人は見た目に全部出る。じゃあ、俺のこの腹は……。チビが「夜はちょっとおつまみタイムをしましょう」と言ってしまうほど、みんながそれをすると信じている、このだらしないライフスタイルが原因か⁉

夜はミコくんと弟さんと、ハレ・ベトナムへ。鍋が最高においしい。この世に、これほど感じが悪いのにこれほどおいしいレストランはない。世界の七不思議だと思う。ミコくんは賢い二十二歳。弟のダニエルくんは十七歳。ふたりともあまりにも落ち着いているので、「ほんとうにそんなに若い年なの？」とチビまでも大人と同じ質問をしていた。

10月11日

ついにハワイでの発表会。

大好きな五人が卒業の踊りを踊って、クムになる道をしっかりと歩んでいるのを見て、涙が止まらない。いろんなことがあっても、いつも生徒たちの前では笑顔だった先生たち。すばらしい踊りをいくら踊っても疲れることなく謙虚で強く優しかった五人だ。

ほんとうにすばらしい。どんなものも毎日の積み重ねなんだなあ、と思う。

俺ののんちゃんがカヒコ（古典フラ）で大活躍をしてるのを見て、また泣いた。ふだんはあんなに優しくしてくれてるけど、ほんとうはすごい人なんだということを忘れさせるほどの謙虚さののんちゃん。

なんだか自分まで卒業したような気持ちになってどっと気が抜けて、カメラもないのにカメラマン席にかぶりつきであっちゃんや三奈ちゃんやじゅんちゃんやまみちゃんの踊りを見たり、自分のクラスのときは必要以上に大声で声援を送ったり、りかちゃんに踊りながら「下がれ〜！」と言わしめるほどの接近をこころみたりした。

Jr.さんの演奏があまりにもレベル高いので衝撃を受ける。ものすごいクムたちもいないし、メリーモナークみたいにぎっしりのお客さんがいるわけでもなかった。でも五人は世界中で一番輝いていた。それを神様が見ていた。

10月12日

ホクレアの内野加奈子ちゃんと一日いっしょ。

加奈ちゃんと泳ぐなんて、こわい！　きっと「さあ、あそこの島まで泳ごう！」とか「魚食べよう！」と言って銛（もり）でついて火を起こしたり、いつのまにか小舟を作って「海に出よう！」と誘われたり「食品産業システムにのっていない肉なら食べてもいい」と言って豚の喉をかききったりするんじゃ……と言ったら、「そんなことないよ〜！　そのイメージをまず取り払わないと、モテないよ〜」と沈んでいた。

そのわりには加奈ちゃんはナチュラルにカツオノエボシ（猛毒クラゲ）の死骸を棒につけてチビに見せたり、ものすごい指導力でボディボードを教えてくれたりした。まず、板あしらいからしてまずい私と陽子さんなんて、何回も波にほんろうされてむちゃくちゃになっていた。でもすごく楽しかった。波は水が動いているのではなくエネルギーが動いているのだ、という加奈子先生の講義はものすごくためになった。

そしてカイルアではビーチでいつまでも「LOST」ごっこができます。

それからあまりにもすてきなお店、店ごと買い占めたいムームーヘブンに行き、女子の幸せも堪能し、コーヒー飲んで、オーガニックの店で材料を買って、お部屋でてきとうごはん。いろいろあって加奈ちゃんも泊まっていったのでにぎやかな夜になった。チビは加奈ちゃんのベッドに入れてもらって、なんだか幸せそうにいちゃついていた。

10月13日

三十三階から海を見ると、どういうふうに波がきて、なにをしてサーフィンの人たちが「ポイント」と言っているか、よくわかる。加奈ちゃんにいろいろ教えてもらう。加奈ちゃんが「波の動いているのは表面だけで、ここから見ると、昔の人が波に皮という字をつかったのは、よくわかってたんだな〜と思う」というすばらしい話をしてくれた。なんでも見ながら聞くと納得するものだ。波が伝わっていくようすは皮膚の表面をつまんだときにそっくりだった。

朝はお散歩、午後はビーチ。

なんてすばらしい休日だろう。オアフに対する偏見も今回はコンドに泊まって外食が少なかったので、すっかり消えた。朝起きて、窓から海を見ながらコーヒーを飲むのも幸せ。夜にちょっとおつまみタイムをしておしゃべりできるのも幸せ。

ちほちゃんもすっかり少し前の東京関西かけぬけツアーの疲れがゆるんでキラキラになって、みんなでパックをしたり、みんなでいたずらをしすぎたチビをほんとうに怒ったりして、オハナ（家族）のような日々だ。

ちほちゃんの笑顔は百万ドル、だれもが幸せになる。そしてそのパンチのきいただんじりパワーで、今回もいっぱい笑わせてくれた。

最後の夜はみんなで蝶々さん御用達（ごようたし）のはるみ〜さんのところへ行く。当たっているばかりかほんとうに優しいお母さんで、柔らかく前向きで、わかってくれるのね〜と思わず涙がぽろりと出てしまった。もちろんパワーストーンを買いましたが、ほんとうにそれぞれに合った石なので、みんな元気になって、ウクレレを買い、幸せに夜道を歩いた。

10月16日

日本は秋晴れ。

深澤さんと藤井さんの展覧会に行く。ほんとうに落ち着く空間。家具や家電のデザインが人生にとってどれほどに重要なものか、よくわかった。

そして展覧会の異様なクオリティの高さにも衝撃を受ける。きっと設置もぐずぐずしていなかったのだろうということが伝わってきた。努力のあとが見えないのは、常にとぎすまされているからだ。

やはりこういうすごい人たちはああだこうだいわずに、海外に行ってしまう。私もそうだ。いつのまにか日本人だけの世界にいられないくらいになってしまう。高飛車なんではなくて、逆輸入になるまでがんばらないと、日本ではこだわりのある人は仕事がほされてなくなってしまうのだ。

あまりにいい展覧会だったので、小説に関しても、じっくりと考えた。

どんな人にも不調の時期はある。そんなときにこつこつなにをしているかで次の飛躍が決まってくる。なにを書いてもうまくいかない気がするときでも、とにかく書く。クオリティを落とさないように気をつけて、書いていく。すると、次にいい調子になったときに、高く飛べる、深く潜れる、調子のよさに甘えないでいられる技術がいつのまにか身についている。

10月17日

朝は自分の検診。ぶじクリア、ほっとする。やはり緊張する。

大好きなマルコムに今年は会えなかったけど、作品を購入してこれまたほっとする。いろいろなジュエリーを買ったり見たりしてきたが、結局マルコムに戻った。マルコムがいちばん好きだ。

家に帰ったら、藤谷夫妻からチビにものすごくかっこいい恐竜の靴が届いていた。足の裏が恐竜の足の裏になっていてクールすぎる！

夜、病院&実家へ。

お父さんが淋(さび)しそうだったので、スパイダーマンをいっしょに見たり、いっしょにかまぼこを食べたり、にゅうめんを作ってみんなで過ごす。そのうちに姉も病院から帰ってきた。そんなふうになんとなく人がたくさんいるのが当然の環境に育ってきた人なのだから、ひとりでいるというのがどんなにこたえるかわかる気がする。そうしていたら父の顔色がみるみるうちによくなってきた。孫の力だ……。

いつも疲れさせたら悪いなとそそくさと帰ってしまったが、日常の空間を持ち込んでチビといっしょに過ごしたりしていればよかったのだなと反省する。

10月18日

蓮沼さんと中目黒までひたすら歩く。

カウブックスで「文庫百円じゃないんだ〜」「電光掲示板があるんだ〜」とつぶやいているあたり、ライバル店舗の視察のおもむきあり。

私たちがぐずぐずしていたら、フリマを見そびれてしまい申し訳なかった。

夜はたくじと焼き鳥。人を支える仕事はたいへんだなあとしみじみ思う。私も作品で読者の日常を少しでも支えられるといいのだが。

森先生の本を片っ端から読んでいた時期は、自分の人生の中でも最高にきつい時期だったので、うう、つらい、でもとりあえず時間ができたらこの人の考えの中に逃れられる、と思って生き延びた。私もだれかにそういうことをしていると信じたい。

10月19日

ウィリアムと撮影。

忙しそうだが充実してるようだった。男ヨッシーも健在でいいコンビ。再会できてよかった。

いろいろな人がいるが、サイキックの人の真価とは結局「言文一致であるかどうか」「やってることと言ってることが違ってないか」が全てであると思えてきた。ウイリアムに出会って、そのことがいっそうはっきりした。ワイルド&ダイナミック&むちゃくちゃなところもあっても、とにかく彼は嘘を言わない。

夜、オハナちゃんがおならをたくさんして、部屋中がなんとなくずっとくさい。ヒロチンコさんが「この匂い、ちょうどマウスが死んで、肛門が開いてきて直腸の生臭いような匂いがしてる感じにすごく似てる」
1、オハナちゃん、死んでる⁉
2、化学系の人と結婚するときびしい比喩を聞くことになります。

10月20日

血液検査。検査ってほんと、結果が出るまでが不安でこわいものだ。

なんだか重い気持ちで打ち合わせに向かうも早くついてしまい、意味なく銭湯に入る。熱いお湯の中で知らないおばさんと微笑(ほほえ)みあって、身も心もやっとさっぱりして打ち合わせに。

デザイナーの坂川さんはキャリアも体重も大きく育っていた……。でも前にお目にかかったときは、私も五十三キロくらいだったしなあ。私もかなり増量してるもんなあ。キャリアはともかく。

すてきな洋館でともちゃんの一人ボケツッコミを聞きながら、すばらしい写真を見る。きっといい本になるだろう。食いしん坊でない人は読むだけでゲロを吐きそうになる食の本、もうすぐ発売である。楽しみ～!

その足でチビをさっとピックアップしてゲリーとゆりちゃんと武藤さんとのごはん会へ。ゲリーはさっそうとかっこよく、生徒さんたちの卒業を前に幸せそうだった。よかったなあとしみじみ思う。日本でいい生徒たち、いい学校を創(つく)って、今、実りを感じている彼。長年見てきたが、今ほど充実した笑顔ははじめてだ。

10月21日

ヤマニシくんちの新しい子猫を見に行く。いつもきかんぼうな顔をしていて、ほんとうにおかしかった。カブがいないのが不思議だったけれど、部屋の感じもすっかり明るくなって、カブは幸せな場所にいるんだな、あれほど愛し愛されたのだから、当然だな、と思った。

10月22日

イケメンハウスへ。蓮沼さんとチビといっちゃんと。

いっちゃんは庭掃除をしていて、近所の人にむちゃくちゃほめられていた。のどかかついつでもなんとなく見張られている田舎暮らしよ。

渡辺くんを呼んで、ごはんとかラーメンをひたすら食べる。なんてことないんだけれど、いつも自然がバックにあるのがいいなと思う。ちょっと顔をあげると山が見えて、ちょっとそのへんを曲がると川とか海があって、虫や魚が意味なくいっぱいいる、そのことがどんなに力をくれているか、東京にしばらくいるとよくわかる。吸い取られる一方でチャージがとってもむつかしい。

10月23日

人生について書いたエッセイ集「Q人生って?」が発売になる。MIHOさんの絵がものすごく嬉しい本になった。絵というか、切り絵なのだが、これがもう本文の千倍くらいすばらしくて、幸せ……。

それにしてもなんてすばらしいタイトルだろう、と思うこの本のタイトルは、天才編集者石原マーさまが考えたのであった。

夜はウィリアムとごはん。モンゴル料理が食べたいというので、加藤木さんと行った東京で最もディープな池袋のお店に連れて行く。数軒手前からもう羊の匂いがしてきた。でもおばあちゃんがモンゴリアンだった彼にとってそれは幸せの匂い。おいしそうに食べてくれてよかった。ヒロチンコさんも羊が好きなのでここの肉のおいしさがわかるみたいで、無言でがんがん食べていた。

10月24日

少し前のことだが、NHKで「こきりこの唄」を子供たちが歌っていて、どうして私これを全部歌えるんだろう? そうか、フォークルだ、と思った一時間後に、加藤和彦さんの死を知らされた。

面識はなかったけれど、私は幼い頃からきたやまファンだったので、フォークルの歌はみんな歌える。ある意味関係ないけど、自切俳人(じきるはいど)の歌も歌えます。「悲しくてやりきれない」とか「オーブル街」は真性のうつでなかったら絶対できないものすごい音楽だ。私は今でもなんとなく口ずさんで、ほっとすることがある。それらを創っただけでも歴史的な偉業だ。なのに加藤さんはどうして走り続けなくてはいけなかったのだろう。いいではないか、もっとのんきに行こうよ、悲しいなあ。突然にあの歌が流れてきたことは、きっと「忘れないで」というメッセージだったと思っておこう。そして忘れずにいよう。私を作った音楽、フォークルの音楽。

10月26日

那須に行くも、みるみる具合が悪くなり、夜はもうふらふら。朝になったらもっと悪くなっていて、寒気&吐き気で立っていられず、ひとりだけ先に帰る。

ひとりだけ先に帰るのはちっとも淋しくなく、下痢高熱ゲロ、とにかく横になるしかない体調。家についたら動物たちがみんなまわりにやってきて寝てくれたのでぐうぐう寝て元気が出た頃、チビが戻ってきた。

チビとじーじのかけあいには妙な相性の良さがあって面白すぎる。遺伝レベルの相性のよさそして面白さという感じ。

10月27日

少し熱が下がったので、ヨッシーに手伝ってもらい、がんばって病院に行く。インフルエンザはチビも私も陰性だった。

ほっ。今年になって三回目の検査。春に一回だけB型だったのは、新型だったのか？ なぞである。

10月28日

血液検査にひっかかり、病人気分爆発。

でもたいしたことないと思うというか、おおごとになりようはない。もういい年だし、気をつけようという感じ。ただし血糖値も、コレステロールも、肝臓もみんな優等生！

仕事入れすぎた……。

つい入れすぎてしまう、反省。

思いきり生きるのは詰め込むことと正反対なのに、ついやってしまうのだな。

糸井さんと南さんの「黄昏（たそがれ）」という本はその点すばらしくて、おかしくてげらげら笑っているのに、なんかちょっと淋しい。そして写真が最高にきれいで、ああ、人生ってつらいものだなあ、でもやっぱり美しいなあって思ってしまった。それにしても笑った！　南さんがなんにでも一度はなってるところとか。糸井さんが昔からなにかと変わらないところとか。風邪もふきとぶ面白さだった。

ソワン・カランに行き、ホワイトニングコースを受けつつ爆睡。目覚めると肌の小さいぷちぷちがなくなってよかった。やはり専門家にたまにゆだねるのはいいことだ～。今、妙子さんがおやすみ中なので、私のお肌はここのお姉さんが全部担当してくれている。そんな頼れる人がいるだけで気が楽になるのがいちばんいいです。

10月29日

久々の維新派。

すばらしかった、全く衰えていない感性。時代がシビアになってるのを表す場面と、人間が生きるために食べることの生臭さがちゃんと入ってるところが古びてない証拠。石本さんの動きのすごさはもはや名人芸。どんな形をしていても全く頭で考えないで動いているし、体の軸がまったくぶれない。頭の角度も完璧（かんぺき）。決して痩（や）せていないはずの彼女のその動きのキレと言ったら、まるで野生の獣のようだった。あのむつかしい動きをただマスターしているだけでなく、演技までしている、それがすごい。演技に至るのがたいへんむつかしい劇団だと言うのに。ステージを降りても、石本さんのいるところは光が当たっているようだ。目の鋭さ、立ち姿のシャープさ。ほんとうにほれぼれした〜。

彼女の動きの全てが維新派の化身と言っても過言ではないだろう。

と松本のおっちゃんに言ったら「あの、デブ、中年、あまりほめんといて、でも言ってやって。ばななちゃん乳が大きくなってよかったな」と言われました。変わってないな〜。

そして屋台のモンゴルパンがこれまで食べたパンの中でトップくらいにおいしかったのも衝撃だった。なんとも言えない外見の女性ふたりが作っていて、ふだんお店をやってるわけではない、ふふふ……とミステリアスにつぶやいていた。

10月30日

チビのハロウィン、今年はカボチャになった。

いちばんすごいコスプレは、チビの担任のカルロス先生の「スーパーマンにちょっとだけなりかけているスーツのクラーク・ケント」であった。来年は私もメーテルになろうかしら、うふふ。

きよみんと電話でセッション。胸がすくような男らしいアドバイスに、気持ちもかたまってくる。きよみんにすごく会いたくなる。なんで近くにいないんだろう、なんかちょっとお茶できそうな気分だった。

夕方、すごいことが起こった。食器棚の分厚い底板ガラスが割れて、百個くらいのグラスががしゃがしゃがしゃっと音を立てて、床に落ちて、割れてガラスの山になったのだ。四人がかりで二時間かけて片付いたが、今でも片付いたのが不思議……。そして片付けているあいだのヨッシーとエマちゃんとヒロチンコさんの頼もしさに感激。あまりにもびっくりしてしまい、はじめはなにも手につかなかった。大事なものもあったからとても悲しいけど、なによりもケガ人がいないのが奇跡だ！　っていうか、あれだけ割れるとちょっとすがすがしいぞ！

あわてて梅島のゆーことぴあにかけつけ、アリシアさんのライブをちょっと見る。まさにクムが踊りだすときについたので、いっしょに「波」を踊るも、いまいちふりがあいまいで、前に習ったという中野さんのおじょうさんにいっしょに踊ってもらった……なさけなや～。

でもクムはほんとうにきれいだったので、間に合って嬉しかった。

アリシアさんはかわいいし、ありのままだし、歌もすてきだし、ギターの音色が人柄をそのまま表しているし、とてもよかった。

このところしょっちゅう会えてる藤井さんと乾杯して別れる。アリシア月間、いい感じだったなあ。

10月31日

菅啓次郎さんの「本は読めないものだから心配するな」を読んで、ああ、自分が本を書いていてよかった、書店が大好きでよかった！と思う。電子とブックオフに押されて、ちょっと弱気だった気持ちが強く立ち直った。

無謀にもウクレレをアラニ先生に習いに行く。大御所すぎる！

ふゆかちゃんも全くの初心者だったので、ほっとした。ふたりでずっとうふふ、あはは、と笑ってなんとなく乗り切った。

そしてのんちゃん先輩があまりにもちゃんとギターをひけるので衝撃を受ける。どこまで先輩なんだ！なんでそんなに謙虚なんだ！

ウクレレはひいてるだけで幸せである。しかもアラニ先生の教え方がほんとうに天才的なので、もう楽しくてしかたなかった。

11月1日

母のお見舞いのあと、実家でたかさまに念入りにふんでもらう。

あまりにも体がかたくて、びっくりした。疲れすぎはいけないわ……！

でもぎっくり腰気味だったのが、ぐっと柔らかくなり、大感動。

みんなで仲良く鍋やポテトを食べる。「ごはんが全体的に少ないから」（少なくないって！）鍋にラーメンを入れると姉がいいはるので、もうお腹いっぱいだよ！ と言いながら、できてみると、ついみんなで食べてしまう。

たかさまから何時間たっても「おなかいっぱいです」というメールが来ていた。私も、寝るまでずっとおなかいっぱいで苦しくて仰向けになれないくらいだった。姉のあとひく味マジックはおそろしい……。

11月2日

亀の病院に行く。ものすごい大渋滞。そしてずうっと寒い！ こりゃ冬だ！

亀も寒そうだったが、意外になつっこいので治療させてくれるし、麻酔とかしなくてよくって、ありがたい。

蓮沼さんと長野のあゆみちゃんに一瞬会い、ひたすらにゲラを見たり、フォークルを見たりして、なんだかあわただしく忙しい一日。きたやまおさむってどうしてあんなにかっこいいんだろう。ほれぼれ……。こんなことを考えながら「王国」の文庫はこつこつとできていくのであった。何回読んでも変な小説だが、もし思春期にこの小説を他人が書いてくれて読んだら「トンデモ本だけど私には大事」と思ったかも、と思った。

もともとすごく好きな顔の人であるあゆみちゃんは痩せていっそう美人になっていたので、ちょっと嬉(うれ)しかった。また会いたいな〜。

11月3日

チビと渋谷に行き、人ごみにびっくり。レゴとトマト鍋の材料だけ買ってすぐ帰ってきた。

「渋谷は疲れるね……」とチビが言いだしたのにもびっくりした。

いつからだろう、人ごみのデパ地下に行かなくなって、大都会の書店にもあまり行かなくなって、なんとなくショッピングをすることもなくなったのは。中年だなあ。

でも、なんとなく街を歩いていたときの淋しいような自由なような気持ちは、体のどこかにまだある。このあいだ、飴屋さんの「3人いる！」大学生バージョンを見たとき、よみがえってきたあの気持ちだ。あれは自由ではないし、孤独ではないし、退屈とも不毛ともちょっとだけ違うんだなあ。

11月4日

病院へ。とりあえず鉄剤をたんともらう。改善改善！

ちょっとのんびりしよう……。

えりちゃんのところで、いろいろ相談。ずばりずばりといろいろ言われて、どきどきする。でもうんと昔から知ってるえりちゃんが人としてひとまわり成長しているのが伝わってきたのがなによりも、涙が出るくらい、嬉しかった。もともと私よりもずっとお姉さんっぽいんだけれど、なんていうか、心がおおらかに広くなってる感じが嬉しかった。

11月5日

静岡大へ、トーマスさんのご招待で行く。トーマスさんは、ほんとうにいい人だし、文学的センスがすばらしい。その優しい人柄にすっかりのどかな気持ちになって、出番ぎりぎりまで「ハリボーは実はハンガリーのお菓子？」とか「ミステリーマウスケツールの『ケ』はなんだ？」というテーマで悩みあった。

大学の先生たちって、ほんとうにいい人が多い、私の知っている限りでは。みなさん学生さんを真摯(しんし)に思っているし、専門に関してはがっちりと研究を進めていて、頼もしい。

なのでたいていとてもあたたかい場ができる。静岡大もまさにそういう感じだった。それは普段先生たちが、学生たちとよい関係を作っているからだろうと思う。

勉強して大学に入ることになんの興味もなかったけれど、今ならあるといえる。惜しかったなあ。

質問も途切れず、二百人がやってきて、とっても盛況。やることなくなったら朗読？　踊り？　など心配したのがうそみたいだった。みんなほんとうにかわいらしく、勉強熱心だった。かわいいな〜！

夕方の静岡、夕陽に浮かび山々が見える平たい感じ。立ち並ぶ下宿アパート。勉強して、ここに帰ったり、勉強したり、友達や恋人に会いに行ったり、それはどんなにすばらしいことだろうなあと思う。一生一度の夢だろうなあ。でも、大学生のときってそんなふうに思えなくて、淋しかったり空しかったり悔しかったりみじめだったりするんだけど。

おばさんになってみると、なんてすごいことだろうと思う。

いっちゃんとヨッシーとチビとで乾杯して新幹線で帰り、一子さんのライブへ。年齢を重ねるごとに音楽的に深まっているのがなによりもすごいし、Ub-Xのみなさんのゆるぎない自信、プライドがみなぎるすばらしいライブだった。こういうライブに行くと、生の音楽が細胞にしみて、活気を作る瞬間を感じることができる。ゲストも彼らのもとで安心して音楽を楽しんでいるのがわかる。

藤本さんのトークはもはや名人芸の域に入っているし、たまたまいっちゃんのおじさんであることが発覚した井野さんは常にかっこいいし、いいバンドだなあと思う。音楽とはなんぞや、ということを一子さんに接すると常にちょっとだけわかる気がする。

11月6日

「船に乗れ!」の三巻目を読み終わる。いい小説だったなあ。

若さの持つ苦しさ、魅力と本人の内面がつりあわない苦しさ。そのすばらしさがしっかりと描かれていた。ドライブ感はあれど、走っていないので、藤谷くんはこれを書いたことでなにかを超えたなと思う。でも、超えてる最中にうちにちりとりとか持ってきてくれてて、悪かったなあ（笑）！

最近何回も読んだものでは「デボネア・ドライブ」二巻もすごかった。これはちょっとマンガ史上に残るたいへんな作品だと思うんだけど、そんなこと言っても朝倉世界一さんは静かに首をふるのだろう。ほんとうに彼は、孤高の世界一だと思う。

11月7日

母の病院から実家へ。父と、餃子（ぎょうざ）と塩ラーメンを食べる。姉にも作る。なんか楽しい。

昔住んでいた町、初恋の人の元家の前なんかを通り、同級生の塩崎くんの店の前を通りながら、昔よく食べた大島ラーメンで餃子が焼けるのをチビといっしょに待っていて、過去の全（すべ）ては、案外よかったなあ、なんていう気持ちになった。秋にたまにこういう気分になる。

11月8日

蓮沼さんとチビと陽子さんと、久しぶりの生田緑地。佐内くんの展覧会を見に。常設展内の展示もすごくよかったし、エヴァンゲリオン写真にも普通に感動してしまった。彼の世界はなにかを思い出させる。大事ななにかだ。私にとって死んでもゆずれないものだし、これまでなにがあってもだれがなんと言っても消えなかったあの感じ。それを忘れそうになると、たまにこうしてノックアウトされる。だから彼の写真のファンなんだろうな。

たまたまラジオ放送があり、母の塔の下で、佐内くんが生放送をはじめた。今日来てるなんて全然知らなかったので、ラッキーだった。

なんであんなへんなジャージを着てるのにかっこいいんだろうね〜、モテマンは違うね！　と陽子さんとしみじみ言いあっていたが、やがて豊田道倫さんの弾き語りがはじまり、そのなんともエロ情けない歌詞と歌にものすごく感動してしまった。太郎さんのでっかい母の塔、中途半端に晴れた秋で紅葉の生田緑地、黄色いＴＡＲＯジャージの佐内くん、ぼそぼそしゃべる男子たちによる男子たちの話題の感じ、そしてあのすばらしい歌詞の内容……一生に一回のなんともいえない、奇妙な感動の瞬間だった。あんな懐かしい雰囲気を創りだせる音楽家はいない！　決してものごとを断言しない陽子さんをして「先が読めない歌詞だな〜」「フェラチオやめないでと言えなかったんだ……」と言わしめた功績はすごいと思う。

夜は姉と近所のおいしいタイ料理屋さんへ。チビがむちゃくちゃやって姉にしばりあげられていた。さるぐつわをされてる人を久しぶりに見た。

11月9日

チビと小旅行。

電車を乗り継いで、レゴも買ってあげて、晩ご飯をいっしょに買って、ピザも食べて、チビ大満足。電車の中で優しいおばさまに話しかけられて、レゴについて真剣に説明したりしていて、ちょっと大人になっている感じがした。

夕方、亀をまだケージに入れていないのに、亀が中にいるように見えた。よく見たら、ガラスの反対側にいて映っていたのだった。

これを見てためらいなく「プロフォンド・ロッソ」だ～！　と思う自分のホラー度が切ない。でも、やはり私の感じていた通りだった、世の中のほうが、どんどんホラーになってきている。

このあいだTVで見た「ダイアリー・オブ・ザ・デッド」のほうが現実よりもかわいいくらいだ。でも「ドーン・オブ・ザ・デッド」はなぜか、今の現実くらいに厳しい。撮られた時期は関係ない。

ロメロには思想がないのが、問題なのだな、と思った。ライミにはあると思う。

11月10日

チビの歯医者。惨敗。いつも管理が悪いと歯医者さんに怒られるのだが、一日三回の歯磨き、うがい。これ以上できることがあるのか？　としみじみ嘆く。

甘いものの食いすぎだ！

……時間が妙に浮いたので、散髪したりして、わりとのんびり過ごす。夜は高級なネギトロ丼を自作して、ヒロチンコさんに大仕事おつかれさま、の会をする。

チビのお弁当、おにぎりと、ウィンナーと、ミディトマトと、ブルーベリーだけ。しかし、米は新潟ゆめやさんからいただいたもの、ウィンナーは放牧豚、トマトは枝付き、ブルーベリーは伊勢丹で買った、すごいこだわり弁当。見た目でわかんね〜、意味ね〜！

というか、小説でも同じことをしてる気がする、私。きっと意味はあるのだわ。

11月11日

マギさんと英会話。とにかく真剣に教えてくれるので、絶対吸収して帰ろうと思うのがすばらしい。バーニーさんの完璧(かんぺき)イギリス英語の発音を生で聞けるのもありがたい。そしてふたりともマイケル・ジャクソンのことで頭がいっぱいであったが、私も映画を観(み)た瞬間からそうなるのは見え見えである。

夕方、茶沢通りを歩いていたら、ありえないくらいすてきな鞄(かばん)屋さんが出現していた。

BLANC-FAON、決して安くはないのだが、すばらしいデザインだった。この心意気は応援したいなと思って、ひとつ買った。

実は、ワンラブ後のぐの中の洋服屋さんでもスカートを一枚買っているし、そのすぐ近くの路地の、かわいいお姉さんがふたりでやってる、元スナックだったところの、麻の服も買っている。だんだん、家から二十分の圏内で、買い物がことたりるようになってきた。川久保先生、宇津木さんごめんなさい。組み合わせでかっこよく着るけん！

夜は大野家のみなさんが家に来てくれたので、しばしなごむ。そうそう、急に夜大人が来ると、好きなものを見せたくなるんだよね、とチビのはしゃぎがよくわかる。

そのあとちょっとだけ下北唯一(ゆいいつ)のニューハーフバーに寄る。

七十年代音楽を中心にしたしずか〜な店内、そして美人ママのひく〜いテンションからくりだされる高レベルのエロ話&オチのあるぼやき話。なんともいえないよい店だった。

結論　下北にも最近はいろんな店があるな〜。

11月12日

森先生の本「自由をつくる　自在に生きる」集英社新書を読了。身内をほめるのもなんだが、あまりにもすばらしすぎる。自由でないのをなにかのせいにするのではなく、自分による支配がいちばん問題だというところが真骨頂。その章にいちばん熱が入っていたと思うし、ここだけは森先生にしか書けないだろうと思った。

具体的であることや、自分ができなかったことをあたかもできるかのように想像で書いたところがないというのがまたすばらしい。もしも私が中学生くらいだったら、この本を読んだら生きやすかったと思う。大人になることが楽しみになっただろう。大人でもちょっと息が楽になるくらいだ。

11月13日

「THIS IS IT」を観る。

すばらしい動き、本気でないのにうますぎる歌。よすぎる声。天才……。

でも、重病人を観たあとの気持ちがする。気合いが抜けていて、腰と腹の部分がスカスカで、力の入りようもない感じの体。

「こんなに元気だったのに、もったいない！」

ではなく、

「あんなに死にそうだったのに、よくがんばっていたな」

という感想を持った。

体が動いてしまうから、なんとかなってしまう、そういう感じだった。

プロジェクトの大きさに見合う真の情熱が彼の中にはもうなく、薄く、透明な生命力。もはや彼を踊らせているのは踊りの神様であって個人ではないような、不思議〜な感じ。周囲も、ダンサーたち以外は、彼がそうとうあぶない状態にあることをうっすら知っているような感じ。大御所だから腫（は）れ物に触るようだというのではない感じ。だからといって、天才が天才でなくなるわけではない。リハなのにすごすぎて圧倒された。偉大な才能を失ってしまった重みが、あらためてのしかかってきた。

11月14日

ウクレレ、二回も通っちゃうなんて、習ってる感あり。

アラニ先生は今日も教え方が最高で、あんな力の抜けた社長になりたいわ……！

と感動&尊敬の念が増した。あんなすごい先生、この世にいないと思う。

でも、あっちゃんに懇切丁寧に道を教えてもらったのに、二度と行ける気がしない、あのマンションまで。

家に帰ったら、森田さんがまだいらして、家中がぴかぴか。変な人が多い昨今、強く正しい森田さんを見るだけでほっとする。

11月15日

早起きして、二度寝して、なんだかふらふらに。

チビと外食しようとてくてく十五分ほど歩いていくも、ほとんどのお店が満席でちょっと嬉しい。このところ淋しい話ばっかり聞いていたから。陽子さんと合流して、お茶を飲んで、ほっとひといき。ヒートテックは買えず、足なり直角タイツを買った。

ほんと、日本って優れた安いものがいっぱいあって、すごいと思う。

夕方は、蓮沼さんに車を出してもらい、病院に母のお見舞いに行き、帰りにヒロチンコさんと出会ってみんなでスンドゥブを食べる。平和な夜であった。平和な夜、あたりまえのはずなのに、貴重に思えてしまう。車で上野を通ったら、上野はあんまり変わらなくて懐かしかった。そうは言ってもお店はみんな変わってしまっているんだけれどね。

11月16日

ミッチェルさんが来日、会ってお話をする。

ちっともいばってないところがすばらしいと思う。そしてあの心の静けさ平穏さ。静かな砂漠や山を見ているような彼のたたずまい。

こういう人の作ったものだから信頼できるなあ、と毎回思う。ピュア・シナジー。少しでももうけようという気持ちが全くないのが、いちばんすごい。

いつでも美しい山や砂漠や夜明けを背負っている感じの彼であった。

実家に寄っていただき、父とも話してもらった。父が活性化されてよかったと思う。わかまっちゃんも前向きで心が平和だし、そんな平和な会社でやる気のある人がいっしょうけんめい働いている、こんな普通のことが珍しい、嬉しいと感じる今日この頃って、やっぱり変だと思う。

11月17日

お誘いいただき、YON-KAへ。

ぎっくり腰になりそうでならない感じで、よろよろと向かう。

西川さんのかわいくも男らしい技で、にらまんじゅうのようにぷりぷりになる。

お昼だったので、女社長たちと山田さんと西川さんとごはんまで食べちゃった。働いてる女の人のたいへんさって、自分ものすごくよく知ってるけど、この人たちは、私みたいに投げ出してなくてその上におしゃれで美人のままでいるから、ほんとうにスーパーなことだと思う。この人たちが幸せじゃない社会なんていやだな、とキラキラの笑顔を見ながら思った。

11月18日

蓮沼さんに送ってもらい、飴屋さんの「4．48サイコシス」を観る。

ものすごい内容だった。脚本と東池袋が自然にこの内容を、彼の中に極めて身体的に直感的に呼び寄せたのだろうと思う。

ここまですごいともう、いっそすがすがしい。舞台の上の人のメンタリティはほとんど自分と変わらないからこそ「甘えだ」とか「お芝居だし」とか言えない。そして飴屋さんはなにも示唆していない。あの脚本だったら、ちょっといい話にするのも、絶望を人為的にもっと描くのも、いくらでも、どうとでもできたはず。でも、していない。それは海や嵐や山を見ている感じに極めて似ていた。あと蟻とか、動物が産まれるところや、死ぬところを。

あんなに重い内容で暗い舞台なのに、少しもどろりとしたよどみはなかった。霊的ないやなものが寄ってくる気配もない。飴屋さんが清らかで、キレがいいからだ。ZAKさんもそうだ。全くブレがないし、こういうふうにしちゃったら？　みたいなところはない。輪郭がぼやけていない。山川さんの天才ぶりに加えて他の全ての役者さんも精一杯すばらしい仕事をしていた。それでも決して救われることはない。救われないことをただ見つめるだけが救いだという重い内容だった。生きているのがすばらしいというわけではなく、自殺がすばらしいのでもない。ただ「命」そのものがすばらしいという気持ちだけはなぜか残るのだ。

終わった後、蓮沼さんと加藤木さんと陽子さんとラーメンを食べながら、なぜかみんながとてもきれいに見えて、幸せだった。それがこの舞台の答えだと思った。

飴屋さんが同じ時代にいてくれてよかった。いなかったら、自分は生きていられなかったかもしれないな、とさえ思った。

11月19日

朝、ぎっくり腰ゆえにいろいろなことが遅れ、時間ぎりぎりに大神神社にすべりこむ。でも、行ってよかった。あんなきれいな場所はないし、自分がこんなに救われるなんて信じられない。信仰があってよかった。そして今年は……ほんとうにきつい一年だったけど、やりとげた！　と神前で言えて、ほんとうによかった。

みんなでお参りをして、稲熊家に行ってご家族に会って、稲熊さんにがっちりとご祈禱をお願いし、しっかりと清められ、みんなででっかいＴＶでＷｉｉをした。

パパやママがとにかく元気なのが最高だったな、と子供たち（といってもみんなもうでかい）が本気で思うまで、まだ時間がたくさんある家の感じ。泣けるほど懐かしい。

大好きな稲熊家の人たち、みんな健康で長生きしてほしい。

11月20日

神戸へ。震災後初めて。

しかし、ぎっくり腰なのでそうっとそうっと行く。

島袋さんの展示を、偶然にいあわせた関西のおもろいおっちゃんと見て、ものすごく楽しかった。

「あれはバイトのタコやで」というのも最高だったし、万が一のための非常用のベルもくまなく鳴らしていたし、ヘルメットを落としてトンネルじゅうにすごい音をさせていたし。

奥さんもあきれてたしなめ気味なのになぜか非常ベルに関しては「そうやな、鳴らしてみんとな」と同意していたのもおかしかった。

あの人と見たことで作品のすてきさも倍増したな〜。

島袋さんは魔法使いだな、と思った。自分の考えを糸みたいに寄り合わせて、現実にあらわしていく。

船に乗って、突然の船上パフォーマンスや海の上の作品を楽しみながら、メリケン埠頭（ふとう）のコンテナばかりの展示も見る。クオリティは低いが、とにかく数があるので、チビがもう喜んで喜んで全てを走って回っていた。ななめのカフェがいちばんすばらしかった。

二十年ぶりの懐かしい神戸はほんとうに復興していて、街を愛する人々のいろいろな思いが美しく重なりあって、雰囲気がとてもクリーンだった。それがいちばん嬉しい。懐かしいなあ。震災の写真を見て、こんなことを乗り越えたという重さをじっくりと感じながら、きれいな港を歩いた。

新しいオリエンタルホテルに泊まり、たか〜い鉄板焼き（しかし、おいしすぎた）を食べたり、動けないので部屋でラピュタを観(み)たり夜景を見たりして、静かに過ごしたのもとてもよかった。いっちゃんを含め、気のおけない家族でばりばりと旅行して、のんびりした時間がたまたま来るのって、夢のようにいい感じ。

11月21日

神戸からほとんど直行で高砂家へ。

久しぶりのみなさん、はじめてのみなさん。いつものまりちゃんと陽子ちゃん。大きな犬、おじょうさんと両親。アラニさんのすばらしい演奏とトーク、まゆみさんの落ち着き。幸せな夜だった。家族っていつだってたいへんだっていうことを知ってるけれど、どんな壁よりも強い壁で、包まれている。その雰囲気に触れたおかげさまで、気持ちよく酔っぱらって、気持ちよく爆睡した。

腰にもそういうのがいちばん効くみたいだ。

11月22日

ジョルジョとカウブックスへ。カリーナ・ラウさんの展示を見たり、本を買ったり、ラベンダーとハチミツのソーダを飲んだり、おしゃべりしたりした。久々にとかげくんにばったり会ったら、ものすごく大人になっていた。そういうことっていちばん感動する。

ジョルジョはふだん日本にいないから、久しぶりに会うのに、ずっと会ってるみたいだ。みんなでギャルソンをのぞいたり、マルタン・マルジェラを見てしまわないようにがんばったり、ギャルソンとビートルズとのコラボバッグを見たりして、過ごした。寒いからあまりたくさん動かずになんとなく表参道一帯をふらふらする。

そのあとシャネルの上の居酒屋へ行って、焼き鳥を食べたり、チビと遊んだりした。まるでいつものようにジョルジョと旅行しているみたいだった。チビもそう言っていた。

11月23日

家を買ってしまっておいてなんだが、自分の好きなものはなにか、やっとわかった。漁港が好きなのだ。しかも現役バリバリの。

それはつまり、やはりふるさとは土肥なのね、ということである。土肥も行こうっと。

でも、今の家からちょっと歩くと漁港がたくさんあるので、すごく幸せな散歩ができるから、よしとしよう。

11月24日

午前中は取材。かわいい人たちがかわいくやってきて、かわいく去っていった。目の保養だ……。

歩いて行けるエステに行き、考えられないくらいよく寝る。気づいたら終わっていて肌もよくなっているという、不思議な感じであった。まどかちゃんの結婚祝いを買いに件(くだん)のカバンやさんに行ったら、けっこう繁盛(はんじょう)していたのでよかったと思う。元ミケネコの人たちとおそろいのカバンを私も買った。軽くて、ぎっくり腰さんにはすごくいい。

そのカバンを持って道に立っていたら、通りの向こうをゆくおそろいのカバンの彼らとすれちがって、お互いに「おそろい！」と言いあっておかしかった。

11月25日

蓮沼さんに連れられて、有名な新大久保の占い韓国料理屋へ行く。といっても、蓮沼さんは車を借りて去って行き、女子三人と待ち合わせ。

食べながら、なんともてきとうな料理なので、ごはんも占いも半端(はんぱ)になるという悪い例だなあ、と思いながらも、みんながみんなあまりにも悪いことを言われたので、いちおういやな気持ちになる。時間が短ければ、とりあえず見えることのなかでいちばん悪いことを言っておけば、確かに間違いはない。はずれればみんな嬉しいから怒りには来ないし、当たれば悪い結果だからまた来るし、なるほどね、と思う。いい人だったし、ほんとうに見えていることはあるとは感じたが、とにかくハートがなかった。ハートのない道を行くと、いつかとんでもないことになるよと思った。でもそういう世界を生きる修行もあるような気がするから、いいと思う。

ハートのある蓮沼さんが迎えにきたので、なにをしてきたの？　シートを汚してない？　などといっちゃんとからかっていたら、なんと、私のためにごはんも食べずに炭を取りに行ってくれていたのだった。家族みんなでじんときて、ありがとうと言った。

11月26日

午前中は取材。かしこいおねえさんたちで、人生相談にのってもらった。

腰があやしいので、フラは見学。

あゆちゃん先生が目の前にいらしたので、「あゆちゃんはどうして痩せても乳はへらないんですか？」と聞いたら、「そんなことないよ、これは無印の、しっかりパットがはいったやつだもん」と言っているが、私も全く同じものを持っているのにシルエットがまるで違うので、絶対違うと思う……。でもそんなことを言えないほどの勢いで、「やっぱり減ったよ、ほら、ここも、ここも、ここも」とどんどん下に下がって見せてくれるので、中学生男子みたいにカバンを放り出して逃げ出したくなるくらいドキドキした。

たくさんの人たちでハワイに行ったから、ますますハラウの結束がかたくなった気がする。クリ先生もものすごく美人になって、堂々としている。

あっちゃんのお誕生日を仲間うちで祝いながら、そういえばこの人たちとハワイで会ったんだ〜と夢だったみたいな感じがした。

11月27日

占いでこんなこと言われた、と美香ちゃんに言ったら、自分が具合悪いのに激怒してくれて、悪かった。いい人だなあ。いい人は、のんびりと、まったりと長生きしてほしい。それが世界を救う気がする。

寝不足のまま、いろいろ探し物があって学芸大学に行き、いい喫茶店でも知らないかなあと思って質問のため親くんにメールをしてみたら、ちょっとしたすれ違いの後に、あっという間にやってきたのでびっくりした。ヒロチンコさんにまだ「親さんが……」と言ってる間くらいに来ちゃう、フットワークの軽さだった。

自転車を停めたりまた動かしたりするすばやさも異様に軽く、私だったら、もう面倒くさくて一カ所に停めたままほうっておくだろうと思う。私がやっと腰をあげる間に十個くらいの行動をしてるし、今朝は六時半から仕事をしていて今終わったところだそうだった。信じられない。私よりも寝不足ではないですか。

夫婦と子どもでうろついていたらパンを一個買ってコーヒーを飲んだだけの街なの

だが、親さんが来たら急にものすごく学大にくわしくなったし好きになってきたので、それも驚いた。

あの人は、絶対日本人じゃない。よくパリやローマやマドリッドに行くと、こういう動きの、人生に対して絶対楽しみたいことを優先にする人がいるから、なんだか懐かしいね、とヒロチンコさんと語り合った。日本人は、悪いことや疲れることを、行動するより前にものすごく厭(いと)う性質があるのだ。

11月28日

朝起きたら、姉から「へろってるのに墓掘り！」というすごいタイトルのメールが来ていた。胃をこわし具合が悪いのに、外猫が死んだので埋めた、という内容だったが、こんなすごいタイトル、見たことがない、小説でもなんでも。

あまりにも腰が治らないので、ロルフィングを受けた。にわかに大丈夫になってきたので、そうっとそうっと帰る。寒い道を、ヒロチンコさんとゆっくり歩き、にこにこしながら、直立不動で。変な人。

そして今日もモトヤさんの前に南さんがいるのを見てしまった。菊地さんのライブではよく知っている方だが、あまりにもいつもそこにおられるのでなにがなんだか、知り合いなのかそうでないのかもわからなくなり、もう少しで「南さん！」と普通に呼びかけそうになった。

11月29日

実家でたかさまに踏まれたい会。

父のお誕生会と母の快気祝いをかねる。母が家にいると全く雰囲気が違う。明るいし、安定している。あんなわがままな母さんなのに！　人は生きているだけですばらしい説が実証された。

たかさまに踏んでもらってなんとか腰が大丈夫になってきた。

その前はいっちゃんとお友達たちの三人展を見に、東松原へ行く。手作りのかわいい展覧会で、写真も作品も生き生きとかわいく、いっちゃんを思う人たちがたくさん来ていてなんだかあたたかく幸せになった。

蓮沼さんと陽子さんとしぶい姿勢でお茶をすすりながら「若さって、いいね」としみじみ言いあった。

11月30日

ヒロチンの多分昇進？　祝いと、たかさまに日頃のお礼をかねて、すし匠へ行く。あれだけ全て(すべ)を完璧(かんぺき)にやっていたら、高くて当然というかむしろ安すぎるくらいだと思う。親方は味に人生をかけている。そしてそのために人柄まで磨いている……。夫婦で行くと、おいしいね～という会話しかなくなるから、たかさまもぜひなんて誘ったけど、三人で「おいしいね～」「くく、おいしい」「うまい」と言いあうだけのもっと会話のない会になっただけだった。

たかさまが最後に親方に「あまりしょっちゅうは来られないけれど、すばらしかったです。また寄らせていただきます、どうか元気で長生きなさってください」と言ったのにはものすごく感動した。

12月1日

新婚の恵さんちに遊びに行こうと蓮沼さんに車に乗せていってもらおうとしたら、環七のどまんなかでいきなりエンストして、大騒ぎになった。

でもなにがなんでも恵さんの家に行った。新妻のおいしいお昼ごはんをごちそうになり、奥さんがほしいなあとしみじみ嘆いた。いいなあ……だれかが自分にごはんを作ってくれたり、いっしょに寝てくれたり、朝起こしてくれたり。うらやましいったらありゃしない。しかも経済的にチームを組んでいるなんて！

とにかく幸せそうでよかった。いつもきれいな恵さんだが、享楽的なところが減ってますます美人になっていた。

その間に私の車は静かにレッカーされていったことだよ。

12月2日

韓国へ。韓国大好き！

としちゃんと空港で待ち合わせて、ばりばりと移動、久しぶりのミッシェルさんと再会を果たし、島袋さんおすすめのプロカンジャンケジャンへと走っていく。朝、メールで店名を聞いて、そのまま走っていく食いしん坊道。

今どき、四十五にもなって「食いしん坊の著者が」と新聞広告に書かれてしまうような人はなかなかいないだろう（自慢？）。

うまかった〜……。最後のかにみそと卵のビビンバとか、信じられないうまさ。なんでこんなにおいしいんだろう、韓国で食べる韓国料理。世界一好きかもと思う。

電車に乗ってみたりしたけど、ソウルは前よりもちょっとだけ外国資本のお店が増えている感じがした。でも女の子はかわいく、男はがたいがよく、なんか生き生きしていた。恋して寄り添って歩く人たちも日本の恋よりもぐっと切なそうに見えた。

12月3日

仕事の日。人前に出るのはあまり好きではないので、朝からちょっと緊張しているが、仕事しないとなにしに来たかわからない（食べに？）し、なんといっても民音社の人たちに会えるから、がんばって出かけて行く。社長も代表もミッシェルさんも担当のおじょうさんも広報のおじょうさんもアシスタントさんも翻訳の金先生もみんないい人で、会いたいから。

記者会見を二回にわたってやり、あいだにしっかり高級なサムゲタンを食べた。はじめはぴりっとしている記者たちのふんいきが、終わりには和んでいく感じも懐(なつ)かしい。みんなそれぞれの個性があり、男はぴしっと姿勢よく、女はきれいで、いい国だなあと思う。

サイン会にはたくさんの人が並んでくれて、寒いのでみんな握手の手が冷たい。少しでもたくさんの時間をひとりひとりと過ごそうとしたが、どうしても流れ作業的になっていってしまう。二度と会えないかもしれない子たちはみんなかわいくて、緊張していて、優しかった。それぞれに親御さんがいると思うとまたじんときてしまった。

前にタムくんが、サイン会の時間内にサインを終えられず、どうします？　と聞かれて、人がいなくなるまでやればいい、と言った。会場を借りられる時間が終わったら？　と言われて、それなら外でやればいい、と言った。私も全く同じ気持ちだ。

やりとげて、チャムスッコルへ。肉うまし！　野菜もうまし！！　ごちそうさまでした。あまりの感動にとしちゃんがスピーチをしていた……。

シャイでかっこいい社長も参加して、みんなでマッコルリを飲みまくる。

金先生が、通訳の金さん（熱烈野ばらファン……『よしもと先生の前で、野ばら先生の話ばかりしてごめんなさい、ほんとうに大ファンなんです』と言っていて、胸キュンであった。服装もどことなくゴスロリな感じであった）やスタッフさんたちといっしょにホテルまで送ってくれた。金先生はチャングムのハンサングンさまみたいで、あまりにもすてきなので、おのずと尊敬の気持ちがわきあがってくる。

あたたかい気持ちでみなで夜中の汗蒸幕（ハンジュンマク）へとくりだす。今から行くのか？　と民音社の人たちには大ウケしていたが……どん欲に韓国を楽しむのだ！

ありとあらゆることを一時間半くらいで終え、人妻ヨッシーの裸も見て大満足し、ぴかぴかになってホテルに帰り、爆睡。

12月4日

散歩しながら徳寿宮（トクスグン）に行き、広々とした敷地でやっぱりせずにはいられないチャングムごっこをしたり、ここにきっとチャングムがお母さんからゆずりうけた味の秘伝手帳が隠してあるんだ！　と言いあったり、中にある美術館の巨匠の写真を見に行ったりした後、お腹（なか）をすかせて宮門のソルロンタンを食べに行く。ものすごくおいしいのに五百円くらいだった。高層ビルの後ろにいきなり庶民的な街が現れ、セットかと思うくらいの違和感だった。意外に日本が変わっていく過程にはこの混じってる風景が少なかったな、と思う。上野もいきなり全部クリーンになってしまったし。

禁煙区域も増えてきていると見えて、寒い外でタバコを吸ってる人もたくさん見た。私は吸わないし、気管支が弱いのでいつも禁煙席を選ぶけれど、寒い寒いソウルで、昼休みにスタバのような店（いっぱい種類があるけど、意外にどれもおいしい）でコーヒーを買って、外でタバコを吸う幸せというのをひとりで味わっている人を見て、こういう個人的な小さな幸せをそれぞれが持っているから、この街は活気があるんだなと思った。

12月5日

車を取りに目黒まで行ったので、雨の中わざわざもり山の唐揚げを買いに行く。あまりにもおいしいのでびっくりした。いろんな部位がミックスされていて、味が薄く深くしみている。蓮沼さんとチビと立ち食いしながら、ヤナセへ向かう。たいした壊れ方でなかったのでよかった。

ものすごい雨だし、寒いけれど、こういう雰囲気は嫌いではない。

新谷先生の教えにしっかりと反して、ヨーグルトを作った。ヨーグルトをたくさん食べる人の腸が汚いのは、もしかしたら糖分が悪いんじゃないかな、と思い、ためしてみようと思って。

12月6日

一日中、今日は五日だと思い込んで行動していた。ちなみに昨日は四日だと思っていた。韓国には時差はないのに、なぜ!? 歳(とし)のせい?

チビのクリスマス会。見慣れた子たちが大きく成長しているのを見て、じんとくる。このうちのほとんどの子が、日本の小学校に行くのだろう。別れが切ないなあ。

昼からは下北のフリマに出て、皿などを激安で売りまくる。ものすごく売れた。舞ちゃんといっしょに出店、陽子さんにも手伝ってもらい、とちゅうはともちゃんとちえちゃんもてきぱきと手伝ってくれて、なぜか関さんもばっちり登場、親くんも通りかかり、豪華絢爛だった。親くんと彼女のまわりだけがなぜか美しく細長くムードがあってパリの蚤の市みたいになったので、みんなで感動した。あれはブースの中にいて、流れる人々をずっと見ていないとわからない感動だな。

舞ちゃんのカレンダーが主に外人に売れたのもマーケティング的に納得だった。

打ち上げだ！と居酒屋に行くも、空調の風でいつまでたっても鍋が煮えず、アンコウ鍋だったはずなのに、白菜と干しだらのお漬け物ができてしまい、びっくりした。せめてふたをくれと頼んだら、あきらかに円周が鍋よりも小さいお皿を一枚持ってきた。おとしぶたか？　若者の店は、中年には、むつかしい……。

12月7日

中年になってしみじみ思うのは、日本人は男女について深く考えすぎではないか？ということだ。私は仕事上やむなくよく夫以外の男子とふたりきりで行動するが、いちいちつきあったりはしない。でも、いっしょにいると、なんとなく性別の役割は強調される。夫婦とは対極の意味で、その中にこそもうひとつの男女の真実があるのではと思うくらいだ。なんとなくノイローゼ気味だったからひとりで行動せずに鈴やんとずっといっしょに行動していた頃なんて、鈴やんの世話をつい焼きたくなり、まるっきりカップルみたいな感じだった。でも、それはとてもいいことなのではないだろうか？

まあ、これも海外に行くようになってから、身についたことかもしれん。

毎日新聞の途中打ち上げと書籍の方々との顔合わせ……といっても永上さんとは前にもいっしょに飲んだことがあるけど、頼もしいおじょうさん柳さんも現れ、いっきょにやる気倍増。毎日新聞の人たちは、考えられないくらいいい人たちで、あたたかい雰囲気がある。永上さんと柳さんの部署には、今、病気から復帰してきたばかりの人がいて、その話をしていたら、ふたりが本気で「そういうことからフォローしていかないとだめだね」「うん、そこはよく考えなくちゃね」と言った。その顔の本気さを見て、この人たちは「自分の仕事が増えちゃう」とか「休まれるとこまる」とか「もし病気で死んじゃったらたいへんだから、関(かか)わらないようにしよう」みたいな感じがみじんもないのに、ものすごく感動した。

重里さんと米本さんと舞ちゃんが、私の書いた小説をじっくりと世話し、育ててくれて、花を咲かせて、それから世間に出している。もうそれはもともとの小説よりも大きくなっている。こんな幸福な連載ができてよかった、としみじみ思った。

12月8日

蝶々さんと「女子魂(ジョシタマ)」単行本のための撮影、対談。どの写真を見ても私の大きさが二倍！　だって蝶々ちゃん頭小さくて細いんだもん！

変わらずにサイキックで飛ばしていてゆかいでかわいくて色っぽく、目の保養になった。かなりヒントがいっぱいのいい本になる予感がする。私も、すごくためになった。表面的なテクニックではなく、これからの厳しい時代を生き残って行くためのツールがいっぱいで、女子必携です。

話がエロいポイントになるたびに担当の男子、平城さんが目を急にぱっちりとさせ、にっこりと笑顔になって身を乗り出すところも、目の保養になるくらいかわいかった。

12月9日

今日は今日とて、根本さんとかほりさんと恒例の忘年会。くろがねで。

くろがねのごはんは幸せの味……。みんなで一年の疲れを持ち寄り、しみじみ飲むいい会である。いつも小説のことで鋭いことをびしばし言われるのだが、今年は単行本がなかったので、ものすごく気楽でいっそうおいしくお酒をいただいた。

根本さんの絶対的応援には、身がひきしまる。デビューからずっと見ていてくれるので、道をはずさないように、必死になる。目上の人に見ていてもらうことのすごさを実感する。

夕方、お礼の電話をしようと思い、雀鬼会に電話をした。

電話に出た青年の、声のよく出ていること、親切なこと、状況を判断する的確なこと、すがすがしいことに感動した。久しぶりに人間と話した感じがした。少しも人格を作っていないし、気取っていないし、緊張もしていないし、なんでもこい、という大らかさがあるが、ボケているのではない感じ。人間としてまんべんなくいい力が入っている感じだった。桜井先生に見ていてもらえるというのは、そういうことなのだな、と察した。

私に根本さんやその他ほんとうに思ってくれる目上の人がいるのと同じだ。

「夜は、大会があるので会長もいらっしゃいますよ、こちらからお電話しましょうか？」という言い方の中に、いかにみながリラックスして桜井先生に接しているかがわかる。そして麻雀の大会なのにまるで「もちつき大会です！」みたいな生き生き感。

みんなに会える、戦える、楽しいな、という感じが伝わってきた。いや、よく見かける、だらだらしてほんとうはぜんぜん仲良くない、早く終わって酒飲みたい、みたいなもちつき大会よりも、この麻雀の大会のほうがよほど健全だ。

12月10日

桜井先生と電話でお話しする。思った通りの声の質の方であった。どこかが冷たくこわい人は、もっと、声がかん高い。電話の後ろでお孫さんやおじょうさんのかわいい声がする。

人生の中で今ちょっと静かな時間を持っておられることがわかり、胸のうちがあたたかくなる。

人生にはいろんな時期がある、孤独だったり、恨みがましかったり、じめじめしたり、くよくよしたりする時期も。でもいつまででもそれが続くものではない。ある程度の年齢までいったら、豊かさが残っているといいと思う。甘くなるとか、だらけるのではなく。

心をまっすぐにするのは比較的簡単だけれど、体はだめだ、体のほうはうそをつかないから、みんなどうしても力んだり、社会でつけてしまったこれまでのくせのある動きをしてしまう、それを気をつけていくようなことを道場ではやっている、とおっしゃっていて、今の自分のテーマに重なっていたので、とても印象的だった。

夜は井沢くんと林さんと石原さんと極秘プロジェクトの会。

井沢くんがふぐをおごってくれるというので、ゆるいスカートにわざわざはきかえて出かけて行った。そのかいあって、おいしかった……。

「なんかぞうすいって、『一巻の終わり』って感じがしていやなんだよ……」と井沢くんが言ったとき、ほんとだよ！　と心から思った自分の食いしん坊さがちょっと悲しい。

12月11日

仕事がたてこんで、幼稚園のパーティに大遅刻。

持っていった食品やおかしも、もう出番がないのでなんとなく先生たちにくばったりして、しかも通信簿を忘れて帰ったりして、すっごいダメ親。

私は、子どもを幼稚園や学校に入れる気がなかった。家庭が学校だ、それでいい、と思っていた。しかし誤算だったのは、少子化であまりまわりに子どもがいなかったこと。子どもに接しないとかわいそうだなと思い、子どもに会いにいかせるためだけに、今の幼稚園に通っている。

もともとその考えなので、勉強ができなくっても気にならないし、ママ友も勝手にこちらが慕っている久美子さまと、やめちゃった怜くんのママ以外ほぼいない（年齢も全然違うし、職業もあるし。でも悪い感じでもない。変わった人だなあと思いながら、みんなに微笑(ほほえ)んでもらっている感じ）が、気にならない。

ここまで極端でなくてもいいけれど、みんな、七歳くらいの子どもごときに、そして学校に、期待しすぎなんじゃないかなあ。

その話とは関係ないが、確かに普通の犯罪者と違って市橋さんには理由がありそうな感じが漂ってはいる。他の犯罪者と同じで、もともとは悪い子どもではなかったのかもしれない。だが、ファンになるのはやはりおかしい。そう思っている自分の立ち位置がおかしいと思った方がいいような気がする。私が学生のとき、人肉大好きな佐川くんがライブをやっていた。日本人は「かっこいい」と踊り、外国の人たちは眉(まゆ)をひそめて、帰ってしまった。佐川くんや市橋さんの人権についてはもちろん大切だが、日本には、半端(はんぱ)なマンガや映画を見すぎて、わからなくなってる人がたくさんいるのではないだろうか。映画の中のレクターさんと違う。その人たちは、実際に、いやがり、おびえるひとりの人間をその手で殺した人なんだ。ちょっと変わった妄想癖があるクラスメートとは違って、もう一線を越えているんだ。そう思う。

これらは読者をさとしたくて書いてるのではなく、自分の子どもが、ふつうっぽく見えるけど、市橋さんはほんとうに悪い人なの、と言っていたので、子どもに言ったことを、書きました。

大雨の中実家へ行き、姉作のもちろんたっぷりのかに鍋を食べる。母もがんばっておりてきて同席していた。

父がほとんど見えない目で、拡大の機械を駆使して、小説（王国4、もうすぐ出る「新潮」に載ります）を読んでくれていた。「昔の、人をひきつけるのびのびした感じが帰ってきていた」と言われた。それだけでもう泣けてくる。景色もTVも見えない父でも、小説の中のいろんな町の景色を見てもらえた。それも嬉しい。

12月12日

下北沢チャカティカもほんとうに終わり。ほとんど開店から通っていたから、長かったなあ。

悲しいけれど、田中さんが幸せに生きていけることを祈ろうと思いながら、挨拶してきた。あまりにも切なくて、感情を出せずに帰ってきてしまった感じ。こういうことってたまにある。なにかはわからないけどなにかの時期がずれているときだ。そういうとき、なんとなくぼんやりして別れてしまう。あとからほんとに悲しくなる。お店に行く人って勝手だな、毎日行かないくせに、行かなくてもそこにあってほしいっていつも思っている。そこにあるからほっとする、と思っている。もしもりえちゃんがいなくなったら、てっちゃんとみゆきちゃんがいなくなったら、私は遠くに引っ越してしまうかもしれない。そのくらい大事に思ってるのに、毎日は行けない。勝手だけど、お店ってふるさとのようなものだ。

夕方久しぶりにゆっくり寝ていたら、となりからチビのクリスマス会で上級生がやっていた「アニー」の歌が流れてきた。いっちゃんとチビの楽しそうな声も。

大学生のときに自殺した友達の中沢くんは、この歌が大好きだった。この歌みたいに明日を信じられればよかったのになあ。中沢くんはもうこの世にいないし、なんの力にもなれなかったけど、この歌を聴くたびにこれからも中沢くんを思い出そう。中沢くんにうちのチビの学校の子たちの歌う元気いい「TOMORROW」を聞かせてあげたかったたな。

12月13日

チビがすごい熱だったが、急な感じではなさそうなので、お留守番を蓮沼さんに頼んで予定通り浅草へ。

おみやげを買って、てくてくと陽子さんの家に寄り、ご家族や大きくなった甥御さんやおばさまに会う。年の終わりにみなさんのお元気そうな顔を見て心もあたたまった。

餃子の王さまに行ったり、奥深い東京蛍堂をひやかしたり、蛇酒をあおったりして帰宅すると、まるで独身男性しかいない暗い部屋みたいな、「神聖モテモテ王国」みたいな感じで、蓮沼さんとチビがただだら~としていた。もしとんかつがあったら完璧だ。

そこにほんとに届いた「神聖モテモテ王国新装版」。すごい偶然だ、いや必然だ(笑)!

読んで腹が痛くなるまで笑った。これ以上の名作はこの世にないのではないかと思うくらい。しかもこのオタクな私をもってしても、パロディ全部の元ネタはわからぬ。笑いすぎてひとり泣いていたら、チビが「笑うのは体にいいんだよ」と優しくさとしにきた。

おかしいな、昨日まではロハスなのんびりやさんのめくるめく繊細な文体で日記を書いていたんだけどニャー。

12月14日

私が目がろくに見えなかった闘病中の子どものときから、親や姉にも手伝ってもらって大事に大事にしてきたもの。だれにもゆずらずにふっくらと持っていたものを、二十四歳でデビューしたことにまつわるさまざまな事件が、じわじわっと奪っていった。もちろん自分も悪い。しかし並大抵でないおそろしい目にどれだけあったか、自伝でも書いたらみんなびっくりすると思う。書かないけど。カート・コバーンが死んだときも気持ちがわかりすぎてどうしようかと思った。象徴的には彼が代わりに死んでくれたみたいな気分だった。自分が自殺する、と思ったときのことだったから。でも私にはいつもそのときどきに味方がいた。そして、なにがあっても、最後の最後にもっていた種みたいなものは、冷凍にしてでも取っておいた。よかったなあと今になって思う。

チビがインフルエンザ（二回目か、あるいは型がちょっと違うか）から回復してきたけど、寝る前にタミフルを飲ませたらすごく暴れだして、体温も下がり、びっくりした。

これは……「バタリアン」だ（わかる人にしかわからない比喩）！！　こわい薬だ……効くけど。男子にはやばい。命がけだな。

夜は幻冬舎の打ち上げ。鈴木成一さんもたかこさんもミホさんも来て、うちのスタッフもいて、石原、壺井名コンビもいて、なぜかみんなにこにこして本の話なんかちっともしない。これこそが、いい本を創ったしるしなんだなと思った。

12月15日

まだまだチビを外に出せないけど、平熱＆ありあまっていて、家族へとへと。

でも私はうつらない。やはり私は六月あたりにもうとっくにかかっていたのだ。どこから来たのかわからない、あのインフルエンザに！

斎藤学さんと対談。あの事務所ではなぜかヒロチンコさんの中学の同級生が働いていたりして、ご縁を感じる。ヒロチンコさんがロルファーになるきっかけとなったたいへんな交通事故の話も、落ち着いた山中さんにかかると「ふりむいたら田畑くんが事故にあっててびっくりした、高林の交差点で」って、なんか、普通の感じ……（笑）。

担当の編集さん、大山さんがとても熱心な私の読者だったので、なんだか守られているような気楽な気持ちでのぞんだ。斎藤先生は、きりっと頼りがいがあり、これまでにほんとうにど〜しようもないたいへんなケースをたくさん見ていらしたんだな、と感じた。あと、儀式というものは、小さくてもとても大切なものなんだな、という感想を抱いた。

12月16日

検査。鉄剤を飲むようになってから、生きてるのが楽しいくらい元気。あれほどの貧血で毎日を生きてたってことは、もはや大リーグボール養成ギプスをしていたようなものだというのがよくわかった。おかげで養成された。あとは生き延びたい。

帰り際にヤマニシくんとランチ。先について奥の携帯が通じない席になったので店の人に「いかにも絵を描きそうな暗い青年が来たらそれは連れです」と言った。そして帰り道にちょっと文化村に寄って、タイラミホコさんのお皿を買いに行く。いっぱい割れちゃったので、買えてやっと年が越せそう。タイラさんのお皿は「ごはんのことばかり100話とちょっと」の表紙にもグラビアにもいっぱい出てくる。そして本文にも出てくる。タイラさんがどんなにすてきな人か、言葉につくせない。

チビはまだ隔離だ。やむなく看病して、今日もへとへと。

岩本ナオさんの「しだいに明るむ君の暁」というマンガがすばらしくて、もう絶対取り返せない昔のあの気持ちになって、胸がいっぱいになった。よくも悪くも、主人公の性格がいつも自分そっくりだと思う。特殊なタイプの内気さとか。のんきで、人がよくて、だまされやすくって、ぽわ〜んとしてて。でも変なところが大胆で、夢見がち。

12月17日

沖縄へ。

いつも一泊で行くところを二泊にしてみる。むりはあるけど、旅の意味もぐっと深まる。やる気がわいてこないような時間や、だらっと歩く時間がいちばん大事だと思う。夕方ついてカラカラとちぶぐゎーに直行。やがて山里かっちゃんも登場し、おじぃも立ち寄り、常連さんのような幸せな気持ち。陽子さんやてっちゃんに迎えられ、再会を祝う。近くには「琉神マブヤー」で主人公よりもえらい犬の役をやっている俳優さんもいらして、サインをもらった。チビはひとりだけカウンターに座り、お店のお姉さんのおしりを触ったり、もちこみの「天使のはね」を食べたり（さすが俺の子だ……）、勝手にジュースを頼んだり、となりの人と語り合ったりしていた。私の目の前に頼んでいないジュースが置かれたので「頼んでないよ」と言ったら、「『カウンターのお客さんからです、これおいしいからママにも』と言われまして」だそうだった。やるな～……。

チビのとなりに座ったお兄さんが迷惑に思ってないかな、と思ってちょっとあやまりに行ったら、あとから彼がチビに名刺をくれた。その裏には「僕は今日はひとりで食事しにきていて、ちょっと淋しかったので、君がとなりに来て話しかけてくれて、嬉しかったさ～」と書いてあった。いっちゃんとそれを読んで、じんときてほろりとした。沖縄はいいなあ。

12月18日

読谷の陶器市へ。山里かっちゃんをアッシーにしてしまった……。

大嶺さんのところにシーサーを見に行ったら、大嶺さんが「一年間待ってほんとうに来てくれたから、少しまけてあげる」とまけてくれたので、感激した。一月に私が年末、陶器市のときに必ず来る、と言ったこと、おぼえてくれていたんだ……。子猫にもなつかれ、いい土瓶も買い、幸せ……。それから直売所でおみやげを買い、山田さんのところへ行く。

全く質の違う才能、性格も正反対、なのになにかを極めていることに関しては同じであるこのおふたり。姿や話し方を見るだけでものすごい勉強になる。その違いを見るだけで、自分は自分にしかなれないのだということも学ぶ。

山田家の最高においしい牛の鍋をいただき、すばらしすぎる器をいっぱい見て、自分に手が届くものを数点購入する。ビームスのバイヤーの方たちもいらしていた。かっちゃんに送ってもらい、首里の駅で涙の別れ。淋しくてモノレールの中でぽかんとした。ずっといっしょにいたみたいで、守られていて、楽しかった。大人はいいな〜。

夜は三人でカラカラとちぶぐゎーのカウンターで食べようか、と言っていたんだけれど、思ったより早く帰れたので、アイフィンガーに電話してかよちゃんに声をかけてみたら、たまたまあいていたので、合流。またもチビはカウンターに座り、沖縄そばを食べて、おかわりまでしていた。ひとりで……。そしてとなりのお兄さんと腰に手を回し合ってなにか語らい笑い合っていた。それから店のお姉さんと結婚の約束をしていた。下北でいっしょにお店をやろうって。もう嫁も見つかったわ。早いなあ。

あとから正一くんも用事が終わって合流し、前田夫妻はピッチをあげてどんどん飲みはじめたので、ドキドキした。常盤の中瓶が軽く二本あいた。かよちゃんが「彼は飲むとすぐにてっぺんにいっちゃうから、ほら、もうすぐてっぺん」とつぶやいていたので、いったいどうなるのか？　と思ったけど、ただ陽気になってチビと手をつないで楽しそうに帰っていっただけであった。

12月19日

最後にこぺんぎん食堂にかけこみ、もう食べられません！　というところまで食べた。おいしかった〜……。あのおねえさんたちが働いているのを見ると元気になる。働きもので美人さんで、すてきだといつも思う。だからあんなにおいしいものを安定して作れるのだな！

東京は寒いし大渋滞だし。でも、前みたいに帰りたくないって思わない。沖縄も好きだし、それに、よかった、東京が前より少しだけ好きになってる。私の知ってるあの頃の東京でなくっても。

12月20日

畠中さんと清野さんのおうちへ。

さりげない家具調度品がものすごく高そうで、そこを大型犬カイくんとうちのチビが走り回り、冷や汗が止まらなかった。たまごロール以外に沖縄土産に二三〇円の割れせんべいをもっていった私としてはそれがしけてないかものすご〜く気になった。自分で食べてみてたしかめてみたけど、考えてみたら、すごく失礼だったわ！

カイくんをなでなでしているとチビが焼きもちをやいて、ミュージカル仕立てで大騒ぎしてママへの愛を訴えていたが、ほんと、よくやるよな……芸能プロダクションの社長の前で、歌って踊るなんて……胸がドキドキしました。

清野さん「ゆまにてにどう？　チビくん、子役で」

畠中さん「う〜ん、どっちかというと、お笑いだね、この子は」

正しい評価です（涙）。

おふたりともものすごくシャープで、ひとつの状況から十個くらい判断していて、やはり第一線の人たちは違うなあ、と思わずにいられなかった。

おふたりには、幸せで、健康で、長生きしてほしい。ほんとうに心からそう願った。

12月21日

父のための取材で「ブルータス」の人たちとお仕事。

少しでも売れるといいが……と思いつつ、いっしょうけんめい答える。

姉が「このチビはここまでアホで大丈夫か?」と言うので、「だって、しんちゃんだって同じようなものじゃん、テンパリストのごっちゃんだってさ」と答えたら、姉が真顔で「その人たちは極端だから、マンガになれるんだよ……」と言った。が〜ん!! そりゃそうだ!

12月22日

たかさまに今年最後の踏まれたい会。母もいて、実家はちょっと華やかであった。クリスマスと姉の誕生会をかねて、カニと肉と牡蠣(かき)のパーティ。
「この三つが三日間に分けて出てきてくれたら」という石森さんの言葉は、私の心の言葉でもありました。食いしん坊同士、うなずくばかり。

12月23日

さかいとうえまつさんとごけい、小学校からの黄金のチームで萩尾望都原画展を見に行く。といっても、日にちがたまたま合っただけで、ほぼ偶然にせいぞろいした。
みんなで毎回夢中で読んだり暗記した「ポーの一族」や「トーマの心臓」の原画……信じられないくらい美しい。萩尾先生のさりげない天才ぶりに何回も驚く。「柳の木」

の原画のあまりの美しさとストーリーのすばらしさにまたも泣けた。

あんな人がこの世にいるなんて、すごい。

ひと目でもご本人を遠くからながめよう、と城さんに聞いた喫茶店を目指していたら、おひとりでエレベーターに乗り込む萩尾先生とばったり。チビは全然気にしないでいっしょにぐいぐい乗り込んでいた。

憧れの人に、みんなが四十五歳になってから、いっぺんにお目にかかれるなんて、子ども時代の自分たちもびっくりだ！　こんな偶然は、偶然じゃないなと思った。今日行くことも決めてなかったし、四人のつごうがあうこともめったにないし、萩尾先生がいらっしゃるなんて知らなかったのだ！

とびちゃんにも一瞬出会い、心から再会を喜び合った。

12月24日

チビは夢中でマリオ。

ヤマニシくんとヨッシーといっちゃんが買ってくれたのだ。幸せな子だな〜。

夜はきゅうきょ？　じゅんちゃんと焼き鳥を食べに行くことになったので、いそいそと出かけて、おいしい鶏肉をゆっくりと食べた。

今年一年も友達でいられて、いっしょにハワイに行けて、嬉しかったな。

チビがじゅんちゃんに「ねえねんじゅんちゃ〜ん」と話しかけているのを見ると、チビがお腹の中にいるときにはじめてじゅんちゃんとしゃべったんだなあとこれまたしみじみする。人生はよきものです。

「ばーさんがじーさんに作る食卓」の「ばーさん」にあたる方からお手紙をいただき、お返事を書き、ヨッシーと「これ、『ばーさん』へのお返事、投函しておいて」「わかりました、必ず『ばーさん』にすぐ届くように投函します」と、いくら心はていねいでもなんだか失礼な感じに(笑)。

本にも書いたけれど、あのブログを見るとおうちに帰りたくなる。それはいつか昔の懐かしいおうちなのだ。食べ物のことだけじゃなくて、あの頃のおうちのイメージがあるのだ。

12月25日

飯島奈美さんと「AERA」の対談。

おいしいサンドイッチとチーズケーキとショートケーキとバナナケーキをいただきながら、おいしい話をするという、夢のようなお仕事であった。いつもこんな仕事だったら、どんなにいいでしょうか。

サンドイッチをあんなにおいしく作るなんて、いったい！　と質問したら「マヨネーズを極力使わない、だって、サンドイッチって気を抜くとみんなマヨネーズ味になるから」とさっぱりと男らしく答えた。

飯島さんのいちばんのすごさは「自分は間違ってるのでは、だめなのでは」と思わないことだと思う。それは謙虚でないという意味ではなくて「だめだったら、こうすればいい」と常に男らしく言い訳なく動き続けていることだ。彼女が男だったら、ついていきたいくらい。彼女は彼女を実現したくて仕事してるんじゃなくて、味の秘密をただ探検してる、それもすごい。飯島さんは決してやせてないけど、ものすごく美しいのも、すごい。そしてあれだけのきれいな顔かたちをしているのに、女優とかにならないですっぱり食べまくっているのも感動的。ブレがないな〜！

夜はチビのプレゼントを買いにトイザらスに行くが、あまりにもおもちゃがありすぎてみんな混乱してしまった。なんだか色と音の洪水で発狂しそうだった。やっとレゴなど選び、資生堂パーラーで洋食クリスマスを祝う。家族って楽しい。子どもが小さいときがいちばん楽しいっていうのが自分をふりかえってもわかるから、あと数年はがっちり家族をやろう。

12月26日

クムのお誕生会&ハラウのクリスマスパーティ。

のんちゃんの聖子ちゃんと、あゆちゃん先生のマイケル……、最高だった。一芸に秀(ひい)でている人たちはなにをしてもうまいんだな～。「芸能人はふだんは静か」というのをのんちゃんを見てまたも思った。そして個人的にはマミちゃんがあまりにもダンスがうまかったので、びっくりした。照れがないところがすごい。

女装のJr.さんをクリ先生が異様に熱心に撮りまくっているところも、見どころでした。

あんなに忙しいのんちゃんとあゆちゃんが、クムやみんなを喜ばせるためにどれだけ練習したんだろう、と思うと、感動してちょっと泣けちゃった。

いつもの千で家族でごはんを食べる。お兄さんにもお姉さんにも「スタジオが引っ越しちゃうから、しょっちゅうは来られなくなっちゃう」と言えなかった。慣れ親しんだ水餃子(すいぎょうざ)の味が切なく、でも、まあ、近所だからまた来ればいいのね。いつも混んでいるけれど、ほんとうにいい人たちがやっているおいしいお店だから、近所の人はぜひ行ってあげてください。

さようなら神宮前のスタジオよ。みんなの踊りをいつも見ていてくれてありがとう。またひとつの時代が終わり、新しい時代がはじまる。いつかは消えていくかもしれないこのくりかえしだけれど、すばらしい踊りは永遠になにかに刻まれる。冴えない時期にもそれなりのいい味があり、きらびやかな時期に負けない良さがある。

12月27日

今年はほんとうにさんざんな年だった。考えうる限りのろくでもないことが次々やってきてびっくりした。肉体的にも精神的にも金銭的にも極限で、何回もとめどなく泣きながら夜道を帰ったものだった。でも、私は言える。伊勢白山道くらいに堂々と言える。生きていてよかった、サヴァイブしたし、神様ありがとう、生かしていただいてありがとうございます！と。

だって生きていれば、また流れていって、また違うフェイズがやってくるもん。他の人のためにも、小説のためにも、最後の最後までよく見ることが、私の仕事。生きている意味。

久々にちょっとゆいこと会う。たまっていた届け物をしたり、おしゃべりしたり。元気そう。夜遊び仲間とすっかり縁が切れたかのような私だが、そういう時期なのでしかたない。自分がどれだけ彼女に甘えきっていたかわかってちょっと大人になったので、大人として会ったら、なんだかすごく幸せだった。好きな人には元気でいてほしいし、幸せでいてほしいし、幸せな気持ちで会いたい。

12月28日

きよみんのセッションを受け、よっしゃ！　という気持ちになりつつ、ちほとヨッシーとともこさんとりさとじゅんことヒロチンコさんとチビと合流して、豪華な忘年会、しっかりとラーメンじめ。ちほが昔からの大好物の「軟骨からあげ」を食べている姿をハワイではなかなか見ることができんので、感動した。

「これだけはどうかかんにんして、今だけはみのがして、そっとしといて」という出来事が年末にまたも襲ってきて、沖縄くらいからずっと心がここになかった私だが、少しだけ現実に色が戻ってきた。こうなったからにはしかたない、別れも人生の味。なんとかいける、なによりもだれも命をとられてないし。

なによりも心がここにないから年老いたゼリちゃんの毛がぼさぼさのままだった。いけないいけない、目の前にいるこの命のことを大事にしなくちゃ、とブラシをかけていたら、妙に落ち着いた。犬ってすばらしい。

12月29日

微妙に貧乏で、でも年下の人たちにはおごってあげたいな〜という場合、選択肢はいくつかある。一、店の質を落として、コストを安くする。二、宴会をしない。三、好きな人としか会わない。食いしん坊の私の場合、一番にだけはならないなあというのが、正直なところである。まだこの選択をしなくてはいけない段階に個人的にはいたっていないが、会社はよれよれ、家なんかも買っちゃったし、来年は厳しいだろう、そう思う。身を低くして、家にいる幸せを味わう時期だ。とすると、そう思う人が確実に増え、どうでもいい店がどんどんつぶれていくのが見えている。逆においしい立ち飲みの店などはかなり栄えたり、すごいことになりそうだが、将来の自分を定めていくにはみなにとって大事な年だ。

検診の結果がよくてほっとする。ひとりでバーニーズに行って、バーゲンで冬のものを全部いっぺんに購入。買い物も行けないくらい忙しかったので、これまたほっとした。

夕方、喫茶店でしみじみとチビと日本茶を飲んでいたら、蓮沼さんとあゆみちゃんが通りすがりに合流。店の人もみんなにこにこして、りえちゃんは率先してチビの音の出る絵本で遊んでいて、ほんと、こんな人たちに会えてよかったなあと思った。

12月30日

ちほとランチ。いつも日本にいる人と会ってるみたいな安心感。でも私たち、実は日本にいる頃はお互いに忙しすぎて、ほとんど夜中しか会ってないんだよね。不思議〜。

夜、実家の忘年会へ。蓮沼さんと久しぶりに会うあゆみちゃんにも参加してもらい、なつかしい面々であたたかく過ごす。なんといっても両親が車いすでもそろって来ることができたのが、すてきだった。そして車いすの人がふたり、幼児がひとりいるのに、お店の人が忙しいからっていらいらキリキリしていて、すごくこわかった。うっかりついたてをずらすと「ちっ」と舌打ち。いつからお店の人が店の中で舌打ちしていい文化になっちゃったんだろうな。こういう店こそなくなってしまえとマジで思った。

蓮沼さんに、なにかをちょっと相談すると、私がいちばん「こうなんじゃないの?」と思ってきたことの、ほんの少し上をいった現実的な答えが必ず返ってくる。これは、いろいろな職業を経験してきた深みというか、世間というものを知っている強みだな~といつも感動する。

チビが熱中している「扇風機おばさん」ヘギョンさん。韓国でも探していたが……そう簡単に会えないだろう。東京に行けば永ちゃんに会えるかもと同じくらい無理だろう。彼女が犬を飼っているのを見てチビが「犬ってなんてすごいんだろう」と言った。なんだか感動した。そう、犬は飼い主を裁かないし、差別もしない。愛だけだ。

12月31日

家族でランチを食べにいき、本を買い、お茶をして、実家にそばを食べに行く。

家族そろっていることのありがたさの前には、どんなこともふきとぶ。

紅白、スーザン・ボイルが歌った後は、どんなにうまい人もカラオケのうまさに思えてしまったが、サブちゃんと吉田美和さんと永ちゃんは別だった。歌は人生そのものなんだな、と実感した。

それから裏番組のUFO映像の第一位は傑作すぎて、そばをふきだすほど笑ってしまった。あんななんとも言えないもの、地球人には考えられないかもね。

そっとしておこう……

お役にたてて、ほんとうに嬉しいことです。

「よしもとさん、お金はないみたいですよ、そうそう楽な人生はあるものではないみたいですね～」

というのだけはできれば伝えてほしいところです（笑）。

ハワイ島のはじっこに住むとかだったら、案外お金なくてもいけるかな……としみじみ思ってはいます。

(2009.05.15―よしもとばなな)


こんにちは！　日記をとても楽しく拝読しています。参考になることが多いので２度おいしいです！　ちなみに大好きな作品は「哀しい予感」です。う～～、大好き！

６月30日の日記で『「うげげ、気づいたらまた寝ていたっす」みたいな時間があるからこそ、やることがあるときに、が～っとやれるんだと思う。』とありましたが、ひたすら努力＆突破で疾走してきた人にそのことを伝える方法ってありますか？

私の夫はスーパーエリート！　って感じの人間で、ごろごろしてばっかりの田舎人間の私は（努力は欠かしていないのですが）怒られてばかりです。こんな妻ですんませんと本気で思うのですが、反面、そんなに生き急がなくてもと思ってしまいます。

(2009.07.09―タック)


違うから遺伝子が求めあったのではないだろうか……。

努力＆突破の人にも、なまけものにははかりしれない休息の仕方があるのかもしれませんよ。

(2009.07.17―よしもとばなな)

(2009.02.26－みう)


いいお母さんだなあ！　よろしくお伝えください。

年相応の真実ってあると思うんです。だから今を大事にしてね。

今を精一杯やりきったら、いつかまた変わってくることもあるしね。

変わらなくても、それはそれですてきだしね！　楽しんでくださいね。

(2009.03.17－よしもとばなな)


はじめまして。

東京都内のとある町でヘルパーをしています。先日長期のうつ病で入院されていたおばあさんがめでたく退院され、担当になりました。まだまだ頭がぼんやりするようなのですが、「寝てばかりいないで本でも読みなさいとドクターに言われて、読み始めたら少しマシになってきた」とおっしゃっていました。

「お気に入りの作家はいますか？」と聞くと、「よしもとばななが好きよ。なんとも自由な感じがして」と言われました！　確実に繊細な方を救っておいでですね！

ところでそのおばあさんは、「よしもとばななは、結婚せずに子供を産んで今はハワイに住んでるらしいわよ。お金があるんでしょうね……」とおっしゃっていました。自分はこのHPなどを読んでいるので事実を知ってはいるのですが、訂正するのもなんだかなと思っています。どうしたものでしょう？

ヘルパーとしては、おばあさんに早く元気になってもらいたいので、「そうね～」と答えています。50歳年の違う読者同士で噂話をさせていただいています。ありがとうございます。

(2009.04.19－ベンチ待ち)

大切な小説はキッチンだ」と言われ初めてばななさんの小説を読み、大学１年になって久々にキッチンを読み返し、母がそれをずっと大切にしている理由がやっとわかった気がしました。以来、何度も何度も、それこそ「本が二つに折れるくらい」に読んでいます。一人の東京暮らしに耐えられなくなってしまいそうな夜は泣きながら読み、抱っこして寝ています。

「キッチン」が私の心の中に存在しているだけで救われたことが何度もあります。また最近は「デッドエンドの思い出」も同じくらい好きだなー、なんて思っています。

ばななさんに会いたいので明日から下北うろうろします！　見かけたらハグしてもらいたいなぁ。玉木宏にハグされるよりもドキドキするかもしれない！　でも見つめるだけで、同じ空気を吸っているってこの目で確かめられるだけで幸せなのかな。なんて勝手に妄想しております。

さて、質問なのですが、２月11日の日記に、女子はなにがあっても、よほどの上級者でないかぎりは、男に本音を言わないほうがいいと。それだけ守れたら、もてるのは約束されるし、人としても成長するのではないだろうか。と書かれてあったのですが、21歳の私には少し難しかったです。好きな人にはわかってほしいな、本音を言いたいな、彼氏じゃなきゃそんなこと求めないし。彼氏だから求めるんじゃん。と思ってしまう私は幼いのでしょうか？

これからも母子共々ずっとずっと応援しています。私は大学生で上京しているので母とは離れて暮らしていますが、ずっと文通を続けていて、手紙には大体ばななさんの話題がでてきます。「ばななも言っとったしね」とか。本当にばななさんが好きで好きで仕方がないです。これからも健康で素敵なばななさんでいてください。そして、できたら、少しでも長い間私たちに愛のパワーとメッセージを送って下さいますように。愛してます。

男より男らしかったり、こまかすぎてつたわらない（笑）だったり。

どうすればいいのか、私も考えてみます。

(2009.01.10－よしもとばなな)


こんばんは。

中２で『キッチン』に出会い、心動かされ、新刊を楽しみに20年目を迎えた愛読者です。実は今日、こちらのサイトを知ってしまいました。日記、質問コーナーがとてもありがたいです。前に別の方もおっしゃっていましたが、本以外でばななさんの文章に触れることができ、同じ時代に生きていることが嬉しくてなりません。

さきほど、『彼女について』を読み終えました。最後のシーン、せつなくて暖かく、心が揺さぶられました。

素敵なクライマックスを味わいながら、続きのお話が読みたくなりました。

続編へのお考えがありますでしょうか？

これからも日々の生活の励みに、ばななさんの本を読ませていただきますね。

どうぞお体ご自愛されて下さい。

(2009.01.12－りんごりら)


これに関しては、続編は一切考えていません。

書き尽くした感がありますし、なんといっても死んでるし(笑)！

長い期間大切に読んでいただいて、ありがとうございます。

(2009.01.26－よしもとばなな)


ばななさんこんにちは！　中学生のころ、読書家の母に「一番あけましておめでとうございます。今年は喪中で誰にも年賀状が出せなかったので、こっそりばななさんに年賀メールをしてみました〜。中学生の頃からぜんぶ読んでます。

好きな作品は１つに選べないくらいです。

先日「彼女について」も読みました。なぜか「ムーンライトシャドー」を思い出し、「彼女について」は、ひとしやゆみこさんの側から見たお話なのかなと思いました。

愛情を受け感じることって生きていても死んでからも、同じに人を前へと進ませてくれるものなんですね。すごい！

ところで、ばななさんにお伺いしたいのは、最近の男子の草食化についてです。男性が弱ってるとよく聞きますが、ばななさんはどう感じてますか？　私の周りでも内気男子の話がわんさかです。自分から泊まりに誘ったくせに「もうちょっと時間がほしい」と女子みたいなことを言う男や、「彼氏がいる君が好きだ」と６年も片思いを（勝手に貞操も！）つらぬく男……。

セックスレスの友達もたくさんいます。この男子の処女（童貞？）化現象に女子はどう対処すればいいのでしょう？　ばななさんのご意見を聞ければうれしいです。

長くなりましたが、今年もばななさんにとって良い１年になりますように。次の作品も楽しみにしてます！

(2009.01.05－ろみこ)


ありがとうございます、本年もよろしくお願いします。

わかりますよ、なんか、細すぎて私なんかすぐ叩き折ってしまいそう、最近の男子。

男子は……やっぱり漁船に乗るとか、山に一ヶ月こもるとか、そういうの、必要かも……。

でも、女子も悪いよね、カフェとか買い物につきあわせたり、ばななさん、こんにちは。今22歳の大学4年生です。社会学を専攻しているのですが、今はばななさんの小説を題材にして卒業論文に取り組んでいるところです。

中学生で「TUGUMI」を読んでからずっと大ファンだったのですが、今回ほぼ全ての作品を読み返す中で新たな発見が沢山あり、とても豊かな気持ちになりました。卒論自体はきついですが……。卒論では、ばななさんの描く、世の中で言われているのとは少し違うぬるくない「癒し」をつかむことが目標です！

昨夜息抜きに「彼女について」を読んだのですが、息抜きどころではありませんでした。小説であんなに泣いたのは初めてです。心がねじきられそうでした。しばらく読み返せそうにありません。普段ばななさんが表現されてきた世界の根っこを見た気がしました。創作に向けるエネルギーがいかほどのものか、想像するだけで目眩がしそうでした。

質問なのですが、「彼女について」はばななさんの中でどのような位置づけなのでしょうか。「デッドエンド」がいちばん好きな作品、と言われていたように、コメントをつけるとしたらどのようなものになるのか、とても知りたいです（質問は卒論のためでは決してなく、あくまでも一愛読者としてです！）。

あのような物語を世に送り出せるばななさんに感謝、本当に尊敬します。読ませてくださってありがとうございます。どうかお体を大切に、これからも素敵なお話を生み出してください！

(2008.12.30－萩)


ありがたい感想です。ほんとうにありがとう。

位置づけとしては「N・P」みたいな感じです。

みんなが好みはしないけれど、自分では大好きという感じです。

(2009.01.10ーよしもとばなな)

ばななさま、はじめまして。ばななさんの本はバイブルのように何度も何度も読み返しては新しい発見をしたり、元気付けられたりしています。

「彼女について」を昨日の夜読みました。主人公がだんだん気づいてくるところでなんだか目の前が真っ暗になり、ぐるぐると暗闇の中を落ちていくような感覚になり、主人公は自分の状況を受け入れもう次に進んでいるのに、私はそんな気持ちになれず、私って弱いなと思いながらも、しばらくすごく落ち込んでしまいました。

ばななさんの本はずっと読み続けていて、読みながらいつも感情を動かされているのですが、こんなにも動かされたのは初めてで驚きました。

あの場所にはなにか特別な技術を使っているのでしょうか？

今日の夜もう一回読んでみます。いつもステキな作品をありがとうございます。ばななさんががんばってくれている分、私もがんばります！

(2008.12.28－あやインコ)


一人称でも入り込みすぎない工夫はしています。

即効ではなく、長い時間をかけて受け入れるのを期待していました。

だって主人公は十何年もかかっていたのですから。

寒いけど、お互いにがんばろう。

(2009.01.10－よしもとばなな)

Q&A

あとがき

この人生はいったいなんなのだ？というくらい濃い一年でした。

試練の一年ではあったけれど、最高に面白かった。なんか自信がついた。もうどんな球でも打ち返せそうな自分に今びっくりしています。

山西ゲンイチさんは毎回、いくつかものすごい、すばらしい絵を描いて持ってきてくれます。その全(すべ)てを表紙にできないのがくやしいくらい、冴(さ)えています。私が彼から学んだことは、作品というのは本人を支えてくれるものであっていいんだということと、絵は単に絵を描くことではなく、考え方を描くことなんだ、ということです。

ものすごく迷って結局この絵を表紙に推しましたが、見れば見るほどいいです。

幸せをありがとう、山西くん。

もはやファンクラブの会報のような感じのこの文庫ですが、自分で言うのもなんだが、読むのは面倒でもかなりお得だと思う。小説でも書かない大事なことをさりげなくいっぱい盛り込んでいます。

そんなに一生懸命つくっていても、それでも、なんというか、無料で読めるのに、買ってまで読んでくれる人がいるのは嬉しいことです。新潮社の古浦くんと、装幀の望月さんと、事務所のスタッフと、力を合わせてねりあげました。もともと書いたものがみんなの力で数倍にふくらむこの瞬間、気合いは最大です。どうかこの本に私たちが込めたあたたかい気持ちが、読者のみなさんに届きますように。

2010年2月

よしもとばなな

本書は新潮文庫のオリジナル編集である。

JASRAC　出1001661-001

大人(おとな)の水(みず)ぼうそう

—yoshimotobanana.com 2009—

新潮文庫　よ-18-26

平成二十二年四月一日発行

著者　よしもとばなな

発行者　佐藤隆信

発行所　株式会社 新潮社

郵便番号　一六二—八七一一
東京都新宿区矢来町七一
電話　編集部(〇三)三二六六—五四四〇
　　　読者係(〇三)三二六六—五一一一
http://www.shinchosha.co.jp

価格はカバーに表示してあります。

乱丁・落丁本は、ご面倒ですが小社読者係宛ご送付ください。送料小社負担にてお取替えいたします。

印刷・錦明印刷株式会社　製本・錦明印刷株式会社

ISBN978-4-10-135937-3　C0195